仁木英之［作］
福井さとこ［絵］

JULA

C O N T E N T S

第1章

ヴィデーニア

― 序章（じょしょう） ―

VVEDENIE

1

強い風に吹き上げられた桜の花びらが、うずを巻いて飛び去っていく。そのうちの数枚が吹きかかってきて、彼は思わず顔を腕でおおった。桜色のつむじ風が去ると、旋律が聞こえてきた。

それは透き通ったピアノの音だった。校舎から流れ出してくる音色に足がとまる。だれが作った何という曲かは知らないが、だれが弾いているかは知っている。はげしく、時に悲しげな八短調の複雑な曲調だ。

旋律に合わせるように、風がふたたびうずを巻きはじめる。音は校舎と校庭を包みこむように響いていて、ずっと聞きいっていられる。ほかのだれともちがう。校庭でサッカーに興じているみんなは、その音に気づく様子はない。熱心に話しこんでいる先生たちもそうだ。

今度は音に合わせるように風が舞い、枝がゆれる。桜の季節のはずなのに、風はどんどん熱く彼を包んでいく。汗をぬぐおうとすると、今度は冷たい風が顔をなでていく。思わず空をあおぐと、晴れわたっていたはずの空は厚い雲におおわれ、雪さえちらつき始めた。

ピアノの音がやむと同時につむじ風は去り、気づくと彼――沖田翔馬の足もとに無数の花び

らが散らばっている。翔馬（しょうま）は一度出た校舎へもどり、上ばきをはいて二階へと急ぐ。ピアノの旋律（せんりつ）がふたたび流れると、あたりの風景がまた変わった。

耳で聞いているのに、目で見える。鼻でかげる。肌（はだ）で感じる。花と山と川の織り成す、見たことのない世界と、知るはずのない遠い国の風の香りだ。すべての源は音楽室にある。そこで鍵盤（けんばん）に指を走らせている少女にしかできないことだ。

あいつが弾（ひ）いているときだけ、音楽室の扉（とびら）は不思議の世界への門に変わる。でも、その門をくぐるのは気が進まない。こうしてそっとのぞいているだけのほうが気楽だ。そのあいだにも、扉をこえて流れ出る音色が光を放ち、香りをともない、翔馬を包みこんでいく。

やがて曲が終わりに近づく。夕暮れの光と夜の闇（やみ）を予感させて終焉（しゅうえん）をむかえる。すべての音が鍵盤に吸いこまれ、形のよいくちびるが動いた。

「何か言ってる……?」

耳を扉につけて言葉を聞き取ろうとする。少女は黒白の鍵盤にくちびるを近づけ、何か小声でつぶやき続けているようだ。

「十二の礎（そ）と七つの調べとムジークの恵みよ、私に力を……」

悲しげな横顔がこちらを向きかけ、翔馬はあわてて音楽室の前から去った。

校門を出て顔を上げると、四角い箱を並べたような団地が右側に、一戸建ての家が整然と並んだ住宅地が左側に広がっている。タイヤが花びらをふみ散らして、道に黒いあとをつけていった。

「翔馬」

ふいに後ろから声がかかって、翔馬は飛び上がった。

「何してんの。音楽室で待ってたんだよ」

「なんだよ、ゴジナかよ。びっくりさせんな」

言い終わる前に太ももをけりぬかれて、彼はもう一度飛び上がった。目の前には背の高い少女が腰に手を当てて立っている。手足が長くやせているが、胸を反らして立ちはだかる姿には迫力があった。

「……凶暴すぎんだよゴジナ」

何歩か下がりながら彼は毒づいた。

「ぼうっとしてるから心配してあげたのに」

ゴジナと呼ばれた少女も憎々しげに言い返す。

「父ちゃんから教わったカンフーをケンカに使うなって、先生にしかられたの忘れたのかよ。お前のせいで弾けなくなっても知らないからな」

「ケンカじゃないし！　本気でけってないし！　手はなぐってないし！」

となりのクラスの男子たちが、おまえら仲良いなぁ、とからかいながら走り去っていく。そのあとをゴジナは顔を真っ赤にして追いかけていった。ふわりと彼女の香りが残って、翔馬を包みこんで消えた。

少女は急に足をとめてふり返ると、

「音楽は楽しいものだから、がんばってやろうよ。明日は来てよね」

そう言ってまた走りだす。その背中を見送っていた翔馬は、

「明日も行くかわかんないけど」

そうつぶやいた。

ゴジナというのは、翔馬の同級生である司馬優里菜のあだ名だ。とびぬけて背が高くてケンカが強いので、怪獣のように呼ばれている。翔馬はけりを食らった太ももをほぐそうと何度か屈伸をする。彼女のお父さんは香港から来た人だという。詠春拳という拳法の使い手で優里菜も教わっているらしく、男子が束になってもかなわない。

あまりに強いので学級会の議題になったほどだ。

「あんたたちよりも強いけど、悪いことには絶対に使ってないから」

怪獣がほえるように堂々と言い返し、優里菜はクラス全体を相手にまわして一歩もひかなかった。かといって、みんな優里菜のことがきらいかというとそうでもない。女子はたよりにしていたし、男子もサッカーや野球の助っ人として彼女の力を借りることも多かった。

ただ、翔馬は心の底から彼女が苦手である。

とにかく自分にだけ当たりが強い。数日前にはフライパンのように大きな手で背中をたたかれ、手形がしばらく残っていたし、今日のローキックだってそうだ。なのに、ピアノ教室では連弾の相手をさせられて、なおさら気の重い日々が続いていた。

まもなくピアノのコンクールがある。連弾で参加することになって、優里奈になかば強引にパートナーにさせられた。ここ何年かピアノを練習していても楽しいと思えず、六年生になるのを機にやめようと思っていたのに、これが最後だからと説きふせられたのだ。

ピアノ自体がいやなんじゃない。

同じ教室に天才がいるとやる気がなくなる。一昨年に転校してきた優里奈がピアノ教室に入ってくる前は自分が一番上手だったのに、二度と一番にもどることはなかった。ねたましさすら感じないほど技量に差があった。

さっき聞いたあの音を思い出す。耳で聞いているはずなのに、光や香り、そして風を感じさせる。あんな音、出せるわけがない。学校の音楽室で何度も練習した。いや、させられた。主旋律とトリルが目まぐるしく変わる。きれいだとは思うが、めんどうでむずかしい曲だった。

「音楽はこわい顔をしてやるものじゃないよ。心をおどらせて、楽しむんだよ」

優里奈はそんなことを言うが、だれよりおそろしい気配をただよわせて鍵盤に向かっているのは彼女のほうだった。

音はすべてを表すことができる、と優里奈は言う。だれの演奏を聞いてもよくわからないが、優里奈がとなりで奏でる音を感じていると、そうなのかもしれないと納得しそうになるし、それがまたくやしい。そして翔馬が優里奈の音に光や香りを感じているなんてことは、秘密だ。

どこを切り取っても似たような景色の住宅街を数分歩くと、自宅の前に着く。いつもは空っぽのガレージに父の車がとまっていた。古い外車で、スクラップ寸前のを買ってきて自分で修理したものだ。めずらしく、帰ってきているらしい。

「ただいま」

と声をかけると、その父が顔を出した。

翔馬の父、大二郎は都内の大きな造船会社に勤めている。巨大な船を設計するのが彼の仕事だ。別に航海に出るわけでもないのに、いそがしくなると何か月も帰ってこない。代わりに、何日も家でごろごろしていることもある。

「新しい船、できたの？」

「まあな」

大きな眼鏡の奥の目を細めてにまりと笑った。

設計しただけで仕事が終わるわけではない。組み立て作業に入ってからも大小問わずトラブルが起きるようで、父は常に現場にいて細かい変更に付き合っているらしい。それだけに、苦労して船が完成する喜びは格別で、家にいるときの父はたいてい上機嫌、翔馬が閉口するくらいふざけているのが常だった。

次に母が顔を出した。父とは正反対で不機嫌な顔をしている。

「翔馬、片づけが終わったらリビングへ下りてきてくれる」

「いいけど、どうしたの？」

「下りてきたら話すわ」

急いでランドセルを置いてリビングに入ると兄も座っていた。兄の祥吾は腕を組み、むずかしい顔をしている。

「親父はいつもそうだよ」

兄は翔馬の着席を合図にしたように口を開いた。

「大事なことなんだから、決めてから話すなよ。決める前にひと言相談するのがふつうだろ？」

兄は今年で高校三年生になる。陸上競技のやり投げを中学時代から続けていて、インターハイに出るほどの実力があった。大学も都心の名門私立大学の推薦がほぼまちがいないと言われていた。体も大きくケンカも強いらしいが、年のはなれた弟には優しい。

「でも、決めてしまったものはしょうがないだろ……」

父は大きな体を身を縮めていたが、反省の色は皆無だった。

「自分が被害者みたいな顔するのやめろよ。しょうがないって何だよ。ふざけんな！」

兄はテーブルをたたいた。これほど荒ぶる兄を見るのは久しぶりで、翔馬も思わず身を縮めた。

「祥吾は反対なのか？」

「反対もくそもねえって。俺のこれからはどうなるんだよ。考えたことあんのか？」

「シンガポールにもいい大学はあるし、そんなに怒るな……」

父の言葉を断ち切るように舌打ちをひとつして兄は出ていった。短くはげしいやりとりだが、とんでもないことになっているようだ、と両親の顔を交互に見る。母もかたい表情でじっとだまっていたが、無理やり笑みをつくって翔馬を見た。

「びっくりするわよね」

「父さん、転勤するの？」

「転勤、とはちょっと……いや、だいぶちがうわね」

翔馬の問いに母の多恵はまた険しい表情にもどった。そして大二郎に視線を向ける。

「自分の口でちゃんと説明なさい」

と翔馬たちをしかるときと同じ顔をして言った。父は翔馬に向き直り、自分を落ち着かせるように深呼吸してから口を開いた。

「父さんな、転職するんだ」

ええっ、と翔馬は思わず声を上げた。

「もう船を作らないの？」

「ちょっと、ほかのものを作りたくなって」

大二郎は弁解するように言う。

「ほかのって、何を作るの」

「ピアノ……なんだけど」

なんと、その職人になるという。言葉がまったく頭の中に入ってこなくて、しばらくふわふわしていた。そのふわふわは、決して快いものではなかった。

「ピアノ作りの職人になるからお兄ちゃんはあんなにキレたの？」

「祥吾が怒ったのは、たぶんそうじゃなくてな……」

父はさらに言いづらそうに顔をしかめた。

「引っこしもしなきゃならないんだ」

「どこへ？」

「……シンガポール」

2

翔馬は父を尊敬していた。

いつも家ではごろごろして、気が向かないと遊んでもくれない、ぐうたらした姿しか見たことがない。幼いころはつまらない父だと内心きらっていた。だが、その仕事が船の設計図を描く、ということだと理解できてからは尊敬に変わっていった。

しかもただの船ではない。

四年生になったばかりのころ、父に横浜港まで連れていってもらったことがある。それまでにも、大二郎が設計した船を何隻か見たことがあった。どれもが一万トンクラスの大きなもので、大きな船が好きな翔馬にとって、父への尊敬を感じるにはじゅうぶんなものだった。

だが、そのとき見た船はレベルがちがった。

全長三百七十メートル、幅六十七メートル、高さ七十五メートル、排水量十万トンをこえる世界最大級の豪華客船〈ペガサス・オブ・ザ・シー〉は翔馬が生まれたころに計画され、工事期間二年半をかけて完成した最新鋭の船だ。

「ペガサスは天を翔ける馬だ。星空と大海のあいだを軽やかに、でも堂々と航海するんだ。この名前も父さんが考えたんだ。お前と同じ名前の船を作りたいと思ってね」

世界一の船に自分と由来を同じくする名をつけてくれたことに、翔馬は感激したものだ。

だから翔馬は、父に対して兄のような荒い言葉をぶつけたことがない。家ではどこかぼんやりしたところのある父でも、軽く見たこともなかった。それでも、

「ばかじゃないの……」

思わず口をついて出てしまっていた。今の父の仕事のおかげで何も困らず暮らせていることも、翔馬は理解している。一戸建ての家に住み、衣食に困ることもない。ピアノだって習わせてもらっている。それは決して当たり前のことなのではなくて、父が仕事場で懸命に知恵をふりしぼった結果なのだ。

「シンガポールにはね、僕が世界一だと思っている職人がいるんだ。その人が作るピアノの音色には、何億円っていう名器に匹敵、いや、上回るほどの美しさがある」

大二郎は顔を上げ、翔馬を正面から見つめて言った。

「この前完成させた船をクライアントに引きわたすときのパーティーに、会社がピアノアンサンブルを招いたんだ。アメリカのグループだったが、そのピアノが奏でる音に、僕はしびれてしまった……」

父は目を閉じてうっとりした表情をうかべる。

「もちろん次の仕事が待っている。設計しかけの船が何隻もあった。でもその日から、仕事が一切手につかなくなってしまったんだ。設計を考えよう、とにかく一本でも線を引こうと思っているうちに、一日が終わってしまう。会社は僕に休養をとらせようとした。いつもより長めにね」

　でも、父の心は船にもどることはなかったという。

「僕は気づいたんだ。船の設計の道に入ったとき、いくつか夢があった。自分が一から考えた船を海へ送りだすこと。十万トンをこえる船をデザインすること。そして、世界で一番の船にたずさわること……気づくとその三つの夢をかなえてしまっていたんだ」

　父は立ち上がった。

「次の夢はなかったの？」

　翔馬はおそるおそるたずねた。

「あったとも」

「それって？」

「宇宙船を作ることさ！　飛行機よりも遠い世界へ行けるんだ」

　輝(かがや)くような笑みをうかべて大二郎は言った。

「でもね、うちの会社じゃ宇宙船はあつかってなかった。そして地球にはまだ僕のデザインを生かしきる技術が完成していない」

　横で母がため息をついているのが見えた。翔馬もため息をつく。父のやたらとスケールの大きな話はいつもこうだ。真面目(まじめ)な話をしていてもどんどん風呂敷(ふろしき)を広げて、脱線(だっせん)して、最後にはわけのわからない結末で終わる。

「だからピアノ？　ピアノじゃどこにも行けないでしょ」

「宇宙船より遠くまで連れて行ってくれるのは音楽だけだろ」

「またへりくつ言って」

「夢が見られない仕事はいやなんだ」

「その夢にふり回される僕たちの立場は？」

翔馬は怒りというより、悲しくなっていた。リビングにはアップライトピアノが一台置いてある。ピアノは身近で得意でもあった。ただし、優里奈の腕を知ってからは自信を失ってもいる。

「優里菜との発表会はどうするんだよ」

思わずそうつぶやいてしまっていた。

「楽しみにしてたのか？」

心底意外そうに父はたずねてきた。

「べ、別に……」

自分でもおどろくほど顔が熱くなった。

「だったらいいよな。新しい世界には、新しいおどろきがあるんだ。それを父さんといっしょに見に行こうよ」

「新しいおどろきはいいけど、これまで積み上げてきたものはどうなるの？」

母が釘をさすように言った。

「それは……また新しく積み上げていけばいいんじゃないかな」

「新しく積み上げていくにも時間がかかるの。親どうしの付き合い、子どもどうしの関係、すぐにとけこめるってわけじゃないのよ」

母がもう一度思い直したようにしんぼう強く説得を始めた。何かに熱中しだすと子どものようになってしまう父を、時にこうしていさめているのを見たことはあった。ただ、父も今回はまったく耳を貸そうとしなかった。

「私たちの人生はあなたのおもちゃじゃないのよ」

母の表情に見たことのない影が生まれているのを見て、翔馬はこわくなった。

「百歩ゆずって」

母は父だけがシンガポールに行くのはどうか、と提案してみた。

「お義父さんが半分お金を出してくれたから、家のローンはもうほとんど残ってない。でも、空き家にしておくのも物騒でしょ？　ほかの人に使われるのもいやだし」

悪くない、と翔馬は思った。

仕事で長期間家を空けることの多い父が海外に行ったところで、少々さびしいと思うくらいだ。優里奈との約束もやぶらずにすむ。

「その心配はいらないよ。もうこの家売っちゃったから」

父がこう口にした瞬間、ぱん、とかわいた音がリビングに響いた。母が立ち上がり、右手をふりぬいていた。

3

翔馬がクラス担任の藤島から職員室に呼び出されたのは、修了式の十日ほど前だった。

「シンガポールか……。私の教え子ではふたり目だよ」

藤島の近くに席があるほかの先生は、翔馬が入ってくるのを見ると気をつかってか座を外してくれた。それがかえって、もうここにはいられないのだ、という実感につながってさびしかった。

「僕は行きたくないです」

はっきり口にしてしまうと、翔馬は少し気分が楽になった。

「現地の学校に行くということで手続きをしているけど、日本人学校じゃないんだな」

「せめてそこに通わせてくれってたのんだけど、父は、もう手続きしてしまったからの一点張りで……。家の中の雰囲気も最悪です」

藤島は翔馬の言葉を体全体に受けとめるように、こくりこくりとうなずいて聞いていた。

「そんなにピアノがお好きなのかい」

「ピアノどころか、音楽が好きだなんて話も聞いたことないです」

藤島はしばらく考えこみ、うなずいた。

「そのとき聞いた演奏がよほどすばらしかったんだな。いや、私も高校生のころは吹奏楽部に入っていたから、音楽に心をひかれるという気持ちがわからなくもないんだ」

翔馬がため息をつくと、藤島ははっとなって頭をかいた。

「すまんすまん。あのな、一応向こうの学校とも連絡をとってみたんだ。今は便利だな。英語がろくにできなくてもやりとりができて」

そう言うとプリントアウトしてあった紙を数枚翔馬に手わたした。英語がびっしり書かれたものが二枚、校内の様子などを写した写真が数枚あった。パソコンを使って日本語に翻訳したものもある。

「機械の翻訳だからめちゃくちゃだが、要約すると、日本から来る新しい友人のことを心待ちにしているし、さびしい思いはさせないから安心して通ってほしい、ということだ」

そして最後に一枚には手書きの日本語が書かれていた。

「ショウマ　あえるの　たのしみ」

だが、それで心がおどることはなかった。翔馬はなんとか日本に残る方法がないかを見つけたかった。祖父母の家から通うことも考えたが、父方も母方もこの町からは遠かった。とても通える距離ではない。ほかの親戚も同じだった。

「……先生のところで住まわせてもらえませんか」

思いきってそうたのんでみた。

「私の家か！」

ほっほ、とおもしろそうに笑った。

「息がつまるよ」

「僕は大丈夫です」

「先生の息がつまってしまうんだ」

確かにそうですよね、と翔馬はうなだれた。無茶なことを言っているのはわかっている。だが、日が経つほど日本をはなれるのがいやになっていた。

「しかし、家を売ってしまうってのは思いきったことをなさるね」

「思いきってっていうか、バカなんです」

「お父さんのことをそういうふうに言うもんじゃないけど、翔馬の立場になったら言いたくもなるな。退路を断つために帰る場所をなくすというのは男としてはあこがれるけど、自分の父がそんなことしたら……」

気の毒そうな表情をうかべた。

「先生ならどうします？」

「そうだね……六年生ならまだひとりで別の場所で暮らすのもむずかしいし、とりあえずはその場所を楽しむことを考えるかな」

「楽しめるわけないです」

翔馬は先生から何かいい知恵が授けられるのではないかと秘かに期待していたが、そううまくいくわけもなかった。

「みんなにはどうやって伝える？　その相談をしたかったんだ。転校する日取りがはっきりしたら、やっぱり送別会とかはやっておいたほうがいいと思うんだ」

「それは……いいです。もうすぐ春休みだし」

「区切りというのは大事だよ」

「それでもいいです」

藤島はそれ以上無理にすすめることはなかった。

昇降口で上ばきをぬいでいると、優里菜が校舎にもたれているのが見えた。背の高い影が、夕陽に照らされてさらに長くのびている。

「でかいんだよ」

翔馬は小声で悪態をついた。だが優里菜は柱にもたれてぼんやりと空を見上げている。こちらに気づいていないならさっさと行こうと「裏道」を通っていく。昇降口から校門までは舗装された屋根つきの通路があって、そこを歩くことが規則になっている。だが、校舎と植えこみのあいだのせまい空間を翔馬たちは「裏道」と呼んで、人目のないときに通るのがささやかな楽しみとなっていた。

校門までたどり着いてふり返ると、優里菜がこちらに気づいた。何か言っているようにも見えたが、翔馬は舌を出して走りだした。だが、家に近づくにつれて足取りが重くなってきた。

玄関の前まで来ると、完全に足がとまってしまった。それでも入らないわけにはいかない。翔馬はただいまも言わず靴をぬぎ、足音を殺して部屋に入る。母がいるのは台所の気配からわかる。これまでなら、家に帰ってただいまも言わないようなら首根っこをつかまえられて何があったと問いつめられるところだ。

部屋に入ってしばらくすると、下から大きな声が聞こえてきた。母が父に怒りをぶつけている。シンガポールに行くと父が言いだし、すべてを勝手に決めてしまった。それに怒るなというほうが無理だ。

翔馬は母の怒る声が好きではないが、今度ばかりはやめてくれとは思わなかった。そして、せっかく手に入れた一軒家を売ってまで家族の帰る場所をなくした父が、引き下がるとも思えなかった。

翔馬の心配は別なところにあった。

夫婦は何もずっといっしょにいなければならない、わけではない。離婚、というものが夫婦のあいだにあることはもう理解していた。同級生にも家に母しかいない友達がふたり、父しかいない子もひとりいる。本心はどうあれ三人とも両親が離婚していることをさばさばと話していた。

うちもそうなるのかな、という恐怖があった。父のしていることはまったく理解できないし許せない。でも、家族がばらばらになってしまうのもおそろしかった。

一階はやがて静かになった。食卓も気味が悪いほどに張りつめて、静かだ。だれかが何かを言えばぱちんと破裂してしまいそうな緊張感で、何を食べても味がしなかった。家の雰囲気は最悪で、兄はもう家を出ることを決めているようだった。

「全寮制の学校と話つけてきたから」

兄はこわい顔で宣言した。

「そんなこと言わずに、みんなで行こうよ……」

父はおずおずと言った。

「それ以上言ったら俺は家を出る。帰ってくることはないし、二度と親父のことを父親だとは認めない」

「認めるも認めないも、お前の父さんであることに変わりはないよ」

兄の顔は怒っているようには見えなかった。ただ冷やかに父を見ていた。怒っているときよりも、ずっとこわかった。

「でも……」

「あなた」

母は兄以上に冷ややかな声で父の言葉をとめた。

「私はシンガポールについていきます。翔馬も連れていきます。でも祥吾は、祥吾の思うようにさせます」

「向こうに行ったほうが楽しいのに」

父はまた自分が被害者のような表情になった。これが本当に腹が立つ。だが、母も兄も腹を立てているのを顔に出すのがもう負けなのだと思っているかのように、父を無視していた。

「わかった」

降参したように父は両手を上げた。

「じゃあ祥吾の手続きが終わったら出発するから」

「え？」

鉄のお面のように無表情だった母の顔つきが変わった。

「さっきの約束、もう忘れたの？」

「これからのことはなんでも相談する、って言った舌の根もかわかないうちにそんな適当なこと言って」

「それは、これから決めることだろう？　これまでに決めていたことは……」

母が手をふり上げたが、やがて下ろした。表に出ていた怒りをおさえこんでいるように見える。

母はだまって立ち上がると、兄の食べたあとの皿を下げ、洗いものを始めた。父はしきりに翔馬に話しかけていたが、何も答える気にはなれなかった。

4

ほんの少し前までふつうだったことが、遠くへはなれていく。

朝起きて、ご飯を食べて学校に行く。

登校班の待ち合わせ場所で下級生たちをまとめ、先頭に立って歩く。一番後ろは六年生で、先頭が五年生と決まっていた。

「春休みになったら……」

近所で仲良しの下級生たちが、いっしょにどこに遊びに行こうという相談をしている。歩いて十五分ほどで学校に着くと、運動場で遊んでいる同級生が何人かが、ようと手を上げた。一時間目が始まるまでドッジボールをするのが最近のはやりだ。

教室に入るといやでも目に入る、だれよりも背が高く、華やかな少女から目をそらせ、翔馬はランドセルをロッカーに入れると席につく。目の前にだれかが立った。石けんなのかシャンプーなのか、優里奈からはいつも同じ香りがする。気持ちがざわざわして、なんだか腹が立ってくる。

「今日は、練習くるんだよね」

不機嫌な声だ。無視して窓の外を見る。

「来ないと間に合わなくなるよ？」

いつもこれを言われるが、連弾するコンクールは七月のはずだ。いまから必死にやっても仕方ないだろと言い返したこともあるが、ピアニストがそんなあまったれたこと言うな、と一喝されただけだった。

「ねえ、聞いてる？　春休みどうせひまでしょ。毎日練習するよ」

春休み？　もう日本にいないんですけど、と言ったらどんな顔をするんだろう。その先はおそろしくて想像もしたくなかった。無視し続けていると、すねを一発けって優里奈は去っていった。ちらりとその後ろ姿を見ると、炎を吐きそうというよりも、どこかさびしそうで翔馬はうろたえてしまった。

そうしていつもどおり授業が始まる。算数、国語、理科、社会、給食、掃除、時に先生がだれかをしかる声、女子たちの笑い声、走り回って遊ぶ男子の足音、放課後を告げるチャイム、そして音楽室から聞こえるピアノの音……。いつもどおりに時が過ぎ、いつもどおりの一日が終わる。優里奈(ゆりな)がこちらを見たが、気づかぬふりをしてランドセルを背負う。優里奈は何も言ってこず、それは三学期が終わるまで変わらなかった。気まずくて、何も言えない自分がはずかしくて、なおさらいつもどおりのふりをし続けた。

卒業式と共に六年生がいなくなり、その数日後に修了式(しゅうりょうしき)があって、これでこの学校ともお別れになった。みんなのいつもどおりの日々から沖田翔馬(おきたしょうま)という男の子がひとりぬけるだけなんだ。遊びや塾(じゅく)や、友達のうわさ話も適当に合わせているだけだから、意外とだれも気づいてくれない。さびしくなったが、最後までかくし通した。

家の荷物が日に日に片づいて、日用品のほとんどはもう別便でシンガポールに送られていた。売りに出される予定の家からは、大きな家具ももらい手が見つかったのか、すでに運び出されている。空っぽの家は自分みたいだ、と思っているうちに、出発の日はやってきた。

三月終わりの日の空港は混み合っていた。家がどんな雰囲気(ふんいき)だろうと、父はずっと楽しそうだった。家族に無視されようが気味が悪いほどに明るくふるまっていた。前から変わり者ではあったけれど、ここまでとは思わなかった。

翔馬は自分の中で何かがおかしくなってしまったような気がしていた。五年生が終わって、四月になれば、ふつうに小学校最後の一年が始まり、夏のコンクールにはいやいやながらも優里菜と連弾をするんだろうな、とごく自然に思っていた。

シンガポールに行くことは絶対にだれにも、もちろん優里奈にも言わないでほしい。

翔馬はそう母にたのんでいた。

「いっしょに発表会に出られなくなることを伝えないのは良くないと思う。優里菜ちゃんは翔馬と連弾するために、がんばって練習してるんだよ」

「わかってる。直接言うから」

それが約束だった。だが、出発までにその約束を果たすことができなかった。

五年生になって、翔馬はスマートフォンを持たせてもらえるようになっていた。母がいつでもやりとりを見ることができる、という約束でSNSにも登録して優里菜とつながってはいる。

彼女から何度も通知が来ていて着信もあった。でも通知の数が増えるたびに、優里菜にシンガポール行きを伝えるハードルも上がっていく気がしていた。結局、転校すると担任が発表するまでだれにも言えずに時が過ぎたのだ。

「そうかぁ」

母はひとつため息をつき、うんうん、とうなずいた。

「結局言わなかったのね」

最低だ、と翔馬は自分を責めた。大切なことを言うべきときに言えないんじゃ、父と同じだ。

「翔馬の気持ちもわかる。でも、電話だけでもしときなさい」

「うん……」

飛行機はタイ航空で、昼間に成田から出てシンガポールのチャンギ空港まで向かう直行便だ。

だれにも言っていないから、見送りはいない。

兄の祥吾は昨夜、翔馬に電話をくれた。

「いっしょにいってやれなくて悪いな」

翔馬に対してはめったに謝らない兄だったからおどろいた。

「学校を決めてから頭が冷えたんだけど、俺だって何も考えないで決めちまってた。お前と母さんのことより自分のことしか考えてなかった。俺も父さんと同じだって気づいてへこんだよ」

兄と父はちがう、と翔馬は思っていたしそう言った。

「父さんならへこまないし」

「だよな……。翔馬、困ったことがあったらなんでも兄ちゃんに相談しろ。俺は絶対に陸上で結果出して大学も奨学金で出て、でかい会社に入って母さんと翔馬を楽に暮らさせてやるから。父さんは腕のいい職人かもしれないけど、あんなふうに家族をふり回すような大人には絶対ならないから」

そう言って電話は切られた。

5

優里奈のほうから電話がかかってこないかな、とムシの良いことが頭にうかんでしまう。でも、たとえかかってきたところでなんて言えばいいんだろう。一度気分を変えようとトイレに行って帰ってくると、翔馬は息がとまりそうになった。

優里菜は、学校ではいつもデニムのパンツをはいている。こうでないとバカな男子たちをけり飛ばせないからだとおそろしいことを言っていたが、今日はひざ上丈のスカートだった。服もうすいブルーでやけにひらひらしていて、ゴジナといつも呼んでいる相手とは雰囲気がちがい過ぎていた。

母に声をかけようとすると、航空券を手に父と何かもめている。いっそ便がキャンセルになってシンガポール行きごとなくなればいいのに、という思いが一分ごとに頭の中にうかんでは消えている。怪獣ゴジナが空港に現れて、口から吐き出す光ですべてを焼きつくすのだ。

真剣な顔でだれかを探している連弾の相棒を見て、そんなくだらない空想で頭をいっぱいにしていなければ、何か口走ってしまいそうだった。そのとき、怪獣ゴジナはこちらを向いた。

遠目からでもはっきりとわかる、華のある顔だ。翔馬は優里菜の顔を、くどいとか濃いと悪口をたたいていたが、そうじゃないんだな、とはじめて思った。でもそれを本人に言うのは絶対にいやだった。

「あら？」

父との話がついたのか、ふいに母が翔馬のとなりに立った。

「あれ、優里菜ちゃんじゃない？」

呼ばなくていいよ、と言う前に母は大きな声でその名を呼んだ。空港のさわがしい空気に消えてしまえばいいと思ったが声は届いた。大怪獣は翔馬にゆっくりと視線を合わせると、大またで歩いてきた。

「優里菜ちゃん、足長いねえ。モデルさんみたい」

「モデルに失礼だよ」

翔馬が言い終わったときには、もう優里菜が目の前にいた。真っ赤な顔をして鼻息も荒い。本当に炎を吐きそうな顔をしている。怒られても仕方ない、と翔馬はうつむいた。腹パンチでもローキックでも受けよう、と。

だがうつむいて見ている床に、ぽたぽたと水滴が落ちてきた。

あわてて顔を見ると、優里菜は耳まで真っ赤にして、顔をくしゃくしゃにして泣いていた。翔馬をにらむわけでもどなるわけでもなく、ただ大きな目からぽろぽろと涙をこぼしていた。翔馬ははげしくうろたえた。何かどなって、いつものようにけとばしていけばいいじゃないか。

優里菜は、母が差し出したハンカチに頭を下げて断って、花のワンポイントがついたハンカチをポケットから取り出して涙をふいた。そして、もう一度翔馬をじっと見つめた。

「その……」

「いい」

謝ろうとしたのをぴしりととめられた。

「ごめんを言わなきゃいけないのは私」

「なんでよ」

「巻きこんじゃった」

そんなに謝られると逆にこちらが悪い気がして、ますますきまりが悪くなった。

「翔馬がいやがってるのに弾かせたけど、向こうでも弾いて」

連弾するはずだった楽譜とハンカチがおしつけられた。

「言ってることめちゃくちゃだぞ……」

「いいから。きっと翔馬を守るから」

「は？」

「いいから。あとスマホ」

思わずポケットから取り出すと、優里奈はさっと背中を向けて歩きだした。

「ちょっと……」

「ついてこないで」

優里奈はスマホの画面に向かって何か話しながら出口のほうに歩き、すぐもどってきた。そしてあっけに取られている翔馬にスマホを返すと、

「楽譜なくすなよ！　あとスマホの充電は切らさないように」

大きな声で言って涙をぬぐうと、優里奈は背中を向けて大またで歩いていった。ふり返って一度だけ手をふる。何か言わなきゃ、と思っているうちにすらりと長い足は出発ロビーから見えなくなった。

「ふうん。そうかな、と前から思ってたけど」

後ろから肩をたたいた母が感心したようにため息をついた。

「優里菜ちゃん、すごいな」

「な、何が？」

「翔馬はもう一生、あの子のことを忘れられなくなる」

「すぐに忘れるよ。見送りに来たのに何も言わないし、怒ったりけったりもしないし、こっちには何も言わせないし」

「だからよ。あーあ、いいもの見せられちゃった」

夫婦ゲンカの不機嫌が消え去ったように、晴ればれした顔をしている。しばらくにこにこしていた母が、そろそろ行こう、とうながした。

「父さんは？」

「荷物が多いから先に手荷物の検査場に向かったわ」

翔馬（しょうま）の荷物は小さなリュックサックひとつだ。生活に必要なものは、ほとんど先に送っていた。

「もうあの家に帰れないんだね」

そう口に出すと、ふいに目の前がくもった。あの家から学校に通った。毎日が家から始まって、家で終わった。友達も来て、遊んだ。あまり勉強はしなかったけど、ピアノも練習した。

母は何も言わず翔馬をだきしめ、翔馬の手の中のハンカチを手にとった。

「優里菜（ゆりな）ちゃんのよ」

「……これ、あいつが顔ふいたやつだろ」

「そうだけど、こんな思いのこもった餞別（せんべつ）ないでしょ」

別にいらない、と言いつつ翔馬は受け取ってポケットにつっこんだ。

保安検査場を過ぎると、もうもどることはできない。出国の手続きを済ませて搭乗（とうじょう）ゲート前の待ち合いロビーに向かうと、はじめ父の姿が見えなかった。どこに行ったのかと探すと、窓ぎわに顔をくっつけるようにして飛行機を見ている。

「父（とう）さん、仕事で何回も乗ってるんだよね」

翔馬が母に言うと、

「何百回も乗ってる」

苦笑いして言った。大型船の設計の仕事をしているせいか、海外への出張も多かった。行き先は翔馬の知っている国ばかりでなく、社会の授業でも聞いたことのないような国に行くこともあった。

「根っから好きなのよ。大きな乗り物が好きだからって、結婚する前のデートも港とか空港とかばかりで、この人何考えてるんだろうっていつも思ってた」

「あのさ」

翔馬はここしばらく心配していたことをたずねた。

「さすがに今回は許せないわね」

6

母の声は静かだったが、怒りはまったく解けていないようだった。

「翔馬のためにがまんする、って言ったら重いかな」

「重くない。母さんが出ていったら、父さんとふたりでうまくやっていく自信がない。あの人のやってること、ときどきわけがわからないよ」

　本当にね、と母はうなずいた。

「でも自分では理解できない、不思議な世界を見ているとこにひかれたのは私なんだよね。船の設計で満足すると思っていたのは私の油断。ああいう人だから放し飼いみたいに好きにやってもらってたけど、さすがについていけないと今回は思ったわ」

　腕（うで）組みをして窓ガラスにへばりついている父をにらむ。だが、先ほどチケットのことでもめていたとげとげしさはなくなっていた。

「腹を立てても私の選んだ道だから」

「じゃあ、離婚（りこん）したりしない？」

　母は翔馬（しょうま）の頭を軽くなでた。

「そういう心配もしちゃうわよね。ごめん」

「母（かあ）さんが悪いわけじゃないよ」

「もう五年生だから、お母さんがどう思ってるか言っておくね。一応シンガポールにはついていくけど、あまりに自分のことしか考えないなら翔馬を連れて日本に帰る。夫婦の形をどうするかはわからないけど、あなたや祥吾（しょうご）を支えていくのはこれからも変わらないから」

はっきりとは否定しなかったのがショックだったし、納得できるような気もした。

「でもね、優里菜ちゃんの涙見たらさ、なんだかわかんないけど私もがんばらなきゃなって思っちゃったのよ」

「ゴジナの話はいいって……ん？」

大きな紫のうず巻きが、目の前の機体の胴体でうねっている。うねって動いているように見えて翔馬は目をこすった。壁に映像を映し出すプロジェクションマッピングなのだろうか、と見ているとすぐにとまった。

「母さん、あれ……」

翔馬は母の手を引っ張った。

「どうしたの。飛行機こわい？」

飛行機の模様が動いた、とうったえると、

「ふつうの塗装に見えるけど……寝不足？」

と笑った。

「シンガポールまで八時間くらいだから、寝てなさい。よいどめも飲んでおけばよく眠れるよ」

しばらくして機内への搭乗案内が始まった。もう一度機体を見てみるが、模様が動くわけはなかった。母の言うとおりによいどめの薬を飲み、席に向かう。大人げない父は窓ぎわに座り、やはり顔をくっつけて外を見ていた。

三人がけの通路側に翔馬は腰を下ろした。窓の外にはほかの飛行機や空港の施設が見えている。時折窓がふるえるのは、滑走路を全力疾走する飛行機のエンジンが放つうなり声だ。

「電波を発信する電子機器のご使用はおひかえください……」

というキャビンアテンダントのアナウンスが流れている。翔馬は最後にもう一度画面を見た。いつも優里菜と会話していたSNSを立ち上げる。彼女からのメッセージはない。何か送りたいが、何を送っていいかわからない。そのうち、キャビンアテンダントのひとりが近づいてきて、

「お客様、スマートフォンを飛行モードにするか電源をお切りください」

にこやかに言って去った。

翔馬自身はほとんど飛行機に乗ったことがない。搭乗ゲートがはなれて、機体はゆっくりと動きだす。じれったいほどに窓の外がゆるゆると流れていくのが新鮮でもあった。

「そういえば家族そろって海外に行くのははじめてだな」

父が窓にくっつけていた顔をはなして言った。

「そろってないし」

兄がいないのにそろっている、とぬけぬけと言う父に腹が立った。

「いるさ、ここに」

親指で胸を指す。

「だったら俺たちが日本に残ってもいっしょだったんじゃないの」

翔馬の言葉に反論することができず、父はまた子どものように窓に顔をくっつけ始めた。広大な空港の敷地を、飛行機はやや速度を上げて走っている。すれちがうように、大きな旅客機が轟音と共に離陸していく。翔馬たちの乗る機体も最後のカーブを曲がって離陸用滑走路に到着した。

「……当機はまもなく離陸いたします」

アナウンスがあってまもなく、エンジンがさらに音を上げる。一瞬遅れて、機体が加速し始めた。体がシートにおしつけられる。さっきまでゆっくりだった窓の外の風景が猛スピードで後ろへ流れていく。その角度がななめへと変わり、やがて振動はなくなって、機体が空へと飛び出したことを知った。

「飛んだ」

うれしそうに父が小さな声で言う。

「飛ばなきゃ飛行機じゃないわよね」

母は冷たく言うと、前のシートポケットに備えつけてある機内誌に手をのばしてめくり始めた。飛行機はほとんどゆれることなく高度一万メートルまで上がり、ベルト着用サインも消えた。

窓の外にはありえないほど広い空が広がっている。翔馬は何本かうかんでいる棒状の雲を見ていた。その動きだけを見ているとゆるやかだが、時速八百キロ以上出ているとモニタに表示されている。

「何か読む？」

漫画を何冊か手荷物に入れていたが、読む気にはなれなかった。今ものすごいスピードで日本からはなれている。友達からも、ずっと住んでいた家からも、優里菜からもはなれていく。

もう涙は出なかったが、自分の中にある大きな何かも流れ出してしまったような、奇妙な気持ちでいた。機内では音楽も聞けるし、映像も流れているが、ヒットチャートを順にかける番組もお寺の空撮にもひかれず、ぼんやりする。あくびをくり返していると、母がアイマスクを手わたした。だがアイマスクをつければつけたで、今度はゆれや音が気になって目がさえてしまった。

「まだ着かないの？」

「離陸してまだ一時間も経ってないよ」

母は機内の時間の使い方を心得ていて、まもなく出てきた機内食を食べ終えると自分のアイマスクをつけて眠ってしまった。翔馬はもう一度リュックサックを開いて漫画を取り出そうとする。すると、優里菜がくれた楽譜もいっしょに出てきた。

連弾するはずの曲なのだが、曲名も作曲者の名前も記されていない。優里奈にきいたこともあったが、教えてはくれなかった。ハ短調の悲しい曲調なのだが、演奏すると不思議な気持ちのたかぶりを感じさせる強さもあった。

「これ、優里菜ちゃんと弾く曲？　……凝った曲ね。だれの作曲なの」

「わからない」

母はピアノが弾ける。昔は上手だったらしいが、今は気晴らしにさわるくらいだ。口の中で小さく口ずさむと、

「ちょっとオリエンタルな感じでいいじゃない。だれが作ったかは気になるけど、いい曲」

ただ、とにかくむずかしい。アルペジオ、オスティナート、音階の跳躍、そして小さな転調がくり返される。音符の流れが無理やり五線譜の中におしこめられて、油断するとあふれ出しそうな力に満ちているから、ふたりがかりでおさえこんでいる。そういう印象だった。

「向こうで練習しろっていったってさ……」

いつ帰るかも、また会えるかもわからない。

楽譜には、演奏するときに気をつけるポイントに優里菜の書きこみがあった。優里菜と翔馬では演奏レベルがちがう。ただでさえ上からものを言う優里菜が、ピアノのことになるとさらにえらそうになる。楽譜を裏返すと、あまりなじみのない複雑な紋様が十数個、描かれていた。何本かの線が入り混じり、からみ合って文字とも絵ともつかないものが円状に並んでいる。星や雲のように見えるものもあれば、虎や蛇に似ているものもある。見ていると、蛇に似た紋様がふいに動いた。

「わ！」

おどろいて手をはなすと、窓の外を見続けていた父がこちらを向いた。

「どうした。よったのか？」

「ちがうよ」

飛行機の座席のあいだはせまい。散らばった楽譜を拾おうとして体を折り曲げると、ちょうどシートの下を見るような姿勢になった。前の席に座る人はスーツを着て革靴をはいている。楽譜を拾い集めていくと、かかとのすぐ後ろまで一枚が飛んでいた。

手をのばすと、楽譜からぱっと炎が上がった。翔馬はあわてて母を起こした。

「どうしたの」

「か、火事！」

「何がよ」

「飛行機に決まってるでしょ！」

翔馬の大声に、周りの乗客が迷惑そうにこちらを向いた。母はすみません、と小声で謝りつつ、翔馬をたしなめた。

「寝ぼけたこと言わないで」

「本当だって！　前の人の席の下！」

その声を聞きつけてキャビンアテンダントも近づいてきた。翔馬に向かってほほえんで、機内で火事は起きていないことを告げ、乗客たちにも安心するように言っている。そして座席の下に手をのばし、楽譜を取ってくれた。

「お客様、これですね？　ご心配はいりませんよ。楽譜は燃えていませんし、機体も何事もなく目的地に向けて飛行中です」

数人の乗客が向けてきた冷たい視線よりも、自分が見てしまったのが何なのかわからず、翔馬はこわくなってきた。

「大丈夫よ、翔馬。何も心配いらない。母さんがいるから」

母がそっと肩をだいてくれた。その目には心配というよりも、申し訳なさそうな色がうかんでいた。翔馬は、母が悪いと思っているわけではないが、幻を見たわけでもないと思っている。ただ、このまま火が出たと言い続けるほど幼くもなかった。

「着くまで寝ていましょう? ここまでいろいろあったものね。母さんが手をにぎっててあげるから」

「……いらないって」

さっき断ったアイマスクを借りて目をおおう。やはりエンジン音と振動が気になるが、無理やり眠ろうとした。そうすると、急にゆれがはげしくなってきた。雲の中でも飛んでいるのかとアイマスクを上げると、あたりが暗くなっている。

母がくちびるをかんで翔馬の手をつかんだ。こんなときでも、父は窓の外を見ている。

「すごい。まるで別の世界に入ったみたいだ……」

次の瞬間、機内が真っ暗になった。

7

機内は気味が悪いほどに静かになった。

「気流の乱れにより機体が大きくゆれることがございますが、運航の安全には問題ありません。シートベルトをしっかりお締めになって……」

機内アナウンスがふいに消えた。翔馬は思わずとなりに座る母の手をつかもうとしたが、そこにはだれもいない。

「え……」

母の向こうにいるはずの父もいない。はっとなって通路の反対側を見る。ほぼ満席だったはずの機内は、翔馬を残してだれもいなくなっていた。窓の外にははげしい雷光が走っている。ベルトを外して立ち上がると、機内は無人になっていた。

アナウンスが消えた機内に、音楽が流れている。こんなときにＢＧＭを流すなんて、と腹が立ったがどこかで聞いたことがある。優里菜と連弾するはずだった曲だ。しかしやがて、とぎれとぎれになって消えていく。我に返って急いで父と母の姿を探した。

がくんと機体がかたむいて翔馬は通路によろめき出る。はげしくゆれる飛行機はコントロールを失っている。出口を探そうとした。飛行機は一万メートル近い高度を飛んでいるはずだが、ここから出ないと、という本能がそうさせた。

ただこわかった。死にたくないと思うゆとりすらなかった。ここからのがれることだけを考えてゆれる機内を転びながら走り回った。涙と鼻水と、そして酸っぱい液体が口の中に満ちて何度も吐き出した。

やっぱりこの飛行機は最初からおかしかったんだ。機体の絵が動いたのを

確かに見たじゃないか。機内を往復して、ドアを固定するアームを必死に引き下ろそうとしたがびくともしない。

翔馬はドアにもたれて腰(こし)を下ろした。泣くこともできなかった。ここで死ぬんだ、という絶望だけが、心の中で大きくなっていた。

ゆれがふいに収まった。

飛行機の小さな窓の外には、厚く暗い雲がはげしい雷光(らいこう)に照らされてうずを巻いている。その雲の中に、何かが見えた。鳥にしてはあまりに大きく、飛行機にしてはあまりに生々しかった。それは翔馬の飛行機を見ていた。雲と雷の中でもはっきりとわかる紅の瞳(ひとみ)には、怒りともにくしみともつかない猛りが宿っている。乗客がだれもいなくなったように思えた飛行機だが、その怪物からのがれようとするように、機体は左右に旋回した。

翔馬は座席の足にしがみつき、懸命にゆれにたえようとした。パイロットが操縦席にいるかもしれない、というわずかな希望にすがって少しずつ前へと移動していく。

これはきっと悪い夢だ。目が覚めたらきっと、南国シンガポールのまぶしい太陽が待っているはずだ。恐怖から目をそらそうと、楽しいことを考えようとした。シンガポールでの数年をやり過ごしたら、また古い友達や優里奈にも会える。こんなおそろしい夢を見たことすら笑い話になるんだ……。

飛行機を追ってくる怪物は、機体に並ぶようにして飛んでいる。その姿がじょじょにはっきりしてきた。どれほど巨大なのかは、赤く光る瞳の大きさから想像できた。機体の何倍もありそうな怪物の牙と爪が、何度か翼をかすめる。

また一度大きく機体がかたむく。汗が流れ、口の中がかわいて舌が上あごにはりついた。そのまま前に転がって壁にぶつかる。本来なら、キャビンアテンダントの座席がある場所だ。

そこからさらに前にコックピットがある。乗客が決して入ってはならないと赤い文字で記されたドアを、翔馬ははげしくたたいた。中からは警告らしき不吉な電子音が聞こえてくる。

「助けて！」

からからにかわいたのどの奥から、翔馬は声をしぼり出してさけんだ。

「まだ人がいます！」

ドアにすがりつくようにして助けを求め続ける。飛行機は急上昇と下降をくり返し、ようやく水平を保った。その一瞬をねらってドアに体をぶつける。頑丈なドアがそれでこわれるか考える余裕はない。とにかく外に自分がいることをパイロットに知らせたかった。

ぶつけている体がこわれる、と思ったところで扉がふいに開く。ごう、と生温かい風が吹きこんできて、翔馬は飛ばされそうになるのをこらえた。

「機長さん！」

必死に声を張り上げたところで、口をおさえられた。分厚く、獣の皮のにおいのする手だ。目だけ上げると、顔のなかば以上をおおう赤茶色のひげが風になびいている。腕の太さも翔馬の顔くらいある。

「大きな声を出すんじゃねえ」

飛行機の機長ってこんなだっけ、とイメージとのちがいにとまどう。

「ユルングがびっくりするじゃねえか」

手がはなされて男が目の前からどくと、コックピットの中が見えるはず、だった。無数のスイッチとモニタ画面があり、風防ガラスごしの大空が広がっているはずだ。だが、そのいずれもがなかった。

ふり返ると、すぐ目の前に暗い雲がうねる空が広がり、怪物の尾や翼の端が見えかくれしている。そして翔馬がこれまで乗ってきたはずの銀色の機体も、色こそ同じだがするどい刃のようなうろこにおおわれたは虫類の体に変わっていた。

操縦席があるはずの場所に、ごつごつとした鎧のような服を身につけた男が座っている。そのとなりには長く黒い髪を背中のあたりでしばっている女性がいた。ふたりが手ににぎっているのは操縦かんではない。太い綱のようなものが機首のほうへのびている。男たちが追いすがる怪物を目で追いながら綱を左右にふる。するとその動きに応えるように、機体だったはずのものが左右に大きくかたむいたり急降下したりする。翔馬の足元にはかたい凹凸があり、ゆれて尻もちをつくととがった部分が尻に当たって思わず悲鳴を上げた。

「だからさわぐんじゃないって言ってんだろ！」

今度は低い女性の声がした。

「くそ、ヴァジュラムの貨物船が境界に入りこんだと聞いて来てみれば、ホルベグに出くわしたうえに生き残りは子どももひとりかよ」

彼女からはきつい香水のようなにおいがした。

「おいそこの子ども、下りろ。あんたがいるせいでユルングが落ち着かないんだ」

「お、下りるって無理だよ！」

もはや乗っていた旅客機の姿はどこにもなかった。銀の翼は大きくはばたき、長い機体は竜の胴体となって風の中をうねっていた。

「下りれないし、ここどこなの！」

翔馬が風の中でさけぶと、大男の腕がのびてきて、彼の背後に座らされた。

「だまってるか下りるか、選びな」

「だ、だまってます」

「それが正解とは限らねえけどな」

手綱を大きく引いて竜をかたむけさせると、その上を巨大な爪がかすめていった。

「おい、ダヤン。こんな子ども、さっさと落としちまえばいいんだ。あたしらはだまされたんだよ」

黒い巻き毛を風にはためかせた女は片目を鉄の眼帯でかくしていた。残った片目でにらみつけられて、翔馬（しょうま）は思わず身を縮めた。

「ヒムカ、この小僧（こぞう）に八つ当たりしても仕方ないだろうが。リエルさまが俺（おれ）たちをはめるわけがねえ」

「ふん、〈聖なる調べはすべて真なり〉って、そんなこと子どもみたいに信じてるんじゃないだろうね」

「戦士が信じる者を裏切るときは、死ぬときだ」

「戦士なんてたいそうなもんじゃないだろ。死ぬまで信じた者に忠誠を誓（ちか）うなんて、おろか者のすることだよ！　リエルさまにはあとでしっかりお話をうかがうとして、こんなところでユルングを死なせるわけにはいかないからね」

自分たちが乗っている竜（りゅう）のような生き物の名前が、ユルングというらしい。だとすれば、乗ってきた飛行機はどこに行ったのだろう。いっしょに乗ってきた両親や、ほかの人々は、と考えだすとたんに心細くなってきた。

「ダヤン、しっかりユルングを見てな。あんたがビビってるとこの子にも伝わるんだよ」

「うっせえ！」

ダヤンはののしり返しながらも必死に竜を操っている。ヒムカは腰（こし）に結わえつけてある小さな袋（ふくろ）から何かを取り出した。武器を出すのかと思ったら、姿を現したのは、赤ちゃんをあやすときに使うようなでんでん太鼓（だいこ）に似た打楽器だった。

低くうなるような歌声が聞こえてきた。太鼓の音に合わせ、その歌声ははげしくきしみ、空へと響（ひび）き始める。すると太鼓はヒムカの大きな顔よりもさらに広がり、太鼓のふちに炎（ほのお）が燃え盛るような文様がわき上がると、その周囲には青と紫（むらさき）の光がめぐり始める。

「まさかユルングの上で〈ムジーク〉をやることになるとは……」

ヒムカは舌打ちをして翔馬（しょうま）をひとにらみした。

「このお代は高くつくからね」

空に視線をもどしてだれに言うでもなくつぶやくと、どん、とその太鼓をたたいた。翔馬はその衝撃（しょうげき）で吹（ふ）き飛ばされそうになるところを、ダヤンの長い腕（うで）につかまれた。

「下りたいわけじゃねえんだろ。翼人（よくじん）でもない限り死ぬことになるぞ」

翔馬はヒムカが太鼓をひとつたたくたびに雲が割れ、怪物（かいぶつ）がひるむのを見て、ただぼうぜんとしていた。その音には光と形があった。気合いと共に太鼓の音が鳴らされると、太鼓の音は青い光をともなって、虎（とら）に似た獣（けもの）へと変わる。

不思議なリズムだった。音楽の授業で聞かされた、アフリカあたりの民族音楽に似ている気もするが、それともちがう。それが追ってくる怪物(かいぶつ)とぶつかり、はげしくかみ合っているうちにようやく竜(りゅう)は前に進むことができた。だが、太鼓(たいこ)の音から生まれた獣(けもの)は長く姿を保っていることができないようで、すぐに消えてしまう。

「おじさん」

「ダヤンだ」

「ダヤンさん、あの虎(とら)……」

ふたたび太い腕(うで)がのびてきて翔馬(しょうま)の首根っこをつかまえた。そして目の前にぶら下げ、

「もう一度、お前が目にしたものを言ってみろ」

とこわい顔で問う。

「ヒムカさんが太鼓をたたくと音が青い虎に変わってあの怪物と戦ってる」

「どうしてそう思うんだ」

どうしても何も、そう見えるのだから仕方がない。そう言うと、ダヤンは目の前に翔馬をぶら下げたまましばらく考えこんだ。

「ヴァジュラムには強烈(きょうれつ)なムジークを使えるやつはほとんどいない。ほとんどいないが、いるとしたら……ってうわさは本当なのか」

そして大声でヒムカの名を呼んだ。

「うるさいね！　あたしのじゃまするならあんたがユルングから下りな！」

「こいつ、ムジーク……今使った〝ティーグ〟が見えたらしいぞ」

「教えたのかい」

「そんなひまねえの、見てわかるだろ。俺（おれ）には見えねえんだから」

舌打ちしたヒムカが歌うように呪文（じゅもん）を唱え、太鼓をたたく。ひときわ大きな虎が姿を現して怪物とぶつかり合う。二匹の獣はこれまでより長く戦っている。それをチャンスとばかりに翼竜（よくりゅう）は速度を上げた。

　ユルングと呼ばれた竜の背中には、もはや旅客機だった面影（おもかげ）がまったくなくなっていた。ただ、体の横に描（えが）かれた紋様（もんよう）だけが、空港で見たものと同じだった。

「ダヤン、もっと飛ばせるかい」

「さっきの追いかけっこでユルングがつかれちまってる」

「あたしのほうも魔力（まりょく）切れ。あとで直してもらわないと」

「何度目だってあのおっさんにしかられそうだな」

「うるせえ男だけど腕はいいからね」

あれほど巨大だった太鼓はふたたびでんでん太鼓程度にまで縮み、しかも皮はやぶれてしまっている。翼竜の周囲を取り巻いていた厚い雲はいつしか晴れ、空が見えている。だが、いつも見ている空とは様子がちがっていた。

「ヴァジュラムとの扉は閉じたみたいだな」

ダヤンは大きく息をついた。

「でもあんたが無茶するから、最後の門が閉じちまった」

後ろをふり返ると、青空が広がっている。見慣れたものとは少しちがう、紫がかった空の中で、いびつにゆがんだ場所があった。だがそこもまた元の青空へもどっていく。

「門って……」

「大空の中で、ヴァジュラムとこっちを結ぶ門があるんだよ。いまいましい女王のやつより先におさえとこうと思ったけど、先に罠を張られちゃったね。ムジークの獣を待ちぶせに置くなんて、敵ながら見事だわ」

翔馬は頭の中を懸命に整理しようと試みた。

「そのバジュラムっていうのは……」

「ヴァ、ジュ、ラ、ムよ」

ヒムカが言い直させた。

「あんたたちの住んでる世界を、あたしらはそう呼んでる」

「じゃあ、ヒムカさんたちはどこから」

「あたしらにも自分の世界があるんだよ。日ごろ慣れ親しんだ世界に名前をつけるやつはいないだろ。それぞれの場所でなすべきことをするのが務めってもんだ」

その言葉を聞いてダヤンはくすりと笑った。

「すぐに相手を試そうとするのはヒムカの悪いくせだぜ」

「この子がリエルさまからたのまれた積み荷なのかどうなのか、まだわからないじゃないか。リエルさまのおっしゃるとおりなら、それだけの力と賢(かしこ)さを持っているはずだ」

8

翼竜ユルングの翼(つばさ)には無数の傷がついていた。

「こりゃあ、港でしっかり治してやらないと、あとが残っちまうな」

「あの……」

「なんだい、小僧（こぞう）」

先ほどよりはやわらかい声と表情でダヤンは答えた。翔馬（しょうま）はここがどこで、これからどこへ行くのか、いっしょに乗っていた両親はどこに行ったのか、どうして自分がこんな不思議な世界にいるのかを改めてたずねた。

「俺（おれ）たちが知っていることと知らないことがあるぜ」

ダヤンはそう前置きした。

「まず知ってることだ。お前が乗っているユルングは、翼竜（よくりゅう）の中でもとびきり速いアルバ種の中の選りすぐりだ。こいつを操るのは空の運び屋、銀光のダヤンさまと金光のヒムカって寸法よ」

ヒムカはちらりと翔馬を見ただけで、先ほどのでんでん太鼓（だいこ）に顔を近づけてやぶれ具合を確かめているようだった。

「そしてこの空の下にはガル・パ・コーサが広がってる」

「ガル・パ・コーサ……？」

「ヒムカはお前に意地悪して自分の世界のことを教えなかったが、もちろん呼びならわされている名前はあるさ。種族や地方によってちがうが、俺たちはそう呼んでる。古い言葉で〈正しき調和の天地〉って意味さ」

「意地悪なんかしてないよ」

　ヒムカのとげとげしい口調は変わっていなかった。

「この子どもが目指すべき宝じゃなかったら、こちらのことを教えるのはまずい。そう言われてるだろ」

　翔馬がその剣幕をぼうぜんと見ていると、

「荒っぽく見えるが、悪いやつじゃねえんだ」

　ダヤンは片目をつぶって見せた。

「悪いやつならお前はとっくにここから落とされてる。そうだろ？」

　こわれたでんでん太鼓が飛んできて、ダヤンの頭に当たった。

「久しぶりにヴァジュラムの門が開いてそれなりに収穫はあったけど、死にかけた分のもうけがあるかねえ」

「撃ち落とされて全部なしになっちまうよりマシだろ。これだって港の術器屋に持ちこめば直せるかもしれねえし」

　竜の背中に寝そべったヒムカは、翔馬たちに背を向けるように眠ってしまった。

「あと、知らないことは残りの質問の答えだ。お前の父ちゃんと母ちゃんがどこに行ったかは残念ながらわからねえし、どうしてお前がここに乗っているのかもわからねえ。俺たちは依頼主に言われた時間に言われた場所に行き、そこで乗りこんできたものを運んだけだ」

「リエルさまって人？」

背中を向けていたヒムカが舌打ちした。

「ほら、ダヤンはあわてると口が軽くなる。我らが主のことをだれともわからない子どもにもらすなんてさ。我らは調べに選ばれた民だよ。秘密を軽々しくもらすなっていうの」

「だ、大丈夫だって。リエルさまはそんなことで怒りゃしないよ」

「リエルさまが怒る怒らないって問題じゃないだろ！」

ひるんでいるダヤンに向かってヒムカがどなったところで、ユルングの体が大きくかたむいた。

「この子を操って仕返しかい？　ひどいことするじゃないか」

「俺じゃねえ」

ユルングに異変が生じていた。何かにおびえるように何度もふり向き、懸命に翼をはためかせている。ダヤンも気づいて首を回して、悲鳴を上げた。

「ホルベグの野郎、まだついてきてやがった」

「境界が閉じてもこっちまで出てくるなんてね」

ヒムカが大きな弓を手にして立ち上がる。

「それで戦えるのかよ」

「やるしかないだろ」

運び屋の表情はさっきより悲壮感に満ちていた。武器があるならはじめからそれを使えばいいのに、と翔馬は思ったが、どうやらそういう話ではないらしい。

「あのでんでん太鼓のほうが弓矢よりすごいの？」

「比べ物になんねえな！」

ダヤンは手綱をふってユルングを急がせようとする。しかしつかれて傷ついた竜は悲し気な声で応じるのみだ。

「これは本格的にまずい……」

いびつな姿をした怪物ホルベグは長い舌をのばして竜をからめ取ろうとする。ヒムカの矢は猛然とホルベグにせまるが、怪物が体をひとふるいすると、粉々になって落ちた。

「ホルベグに武器が効くわけないか」

ダヤンはくちびるをかんだ。

「ど、どうなるの？」

「このままだとあの化け物の腹の中に入って千年かかってとけることになるね」

「千年……」

目まいと共に座りこんだ翔馬の目の前で、荷箱が口を開けていた。

「ヒムカ、もう荷物を捨てるしかねえ！」

「何言ってるんだい。危ない橋わたって門で手に入れた宝を捨てるのかい。せっかくほかの空賊や軍の連中の目を盗んで……」

そこまで言って、気まずそうに口をつぐんだ。

「だから関係のないやつをユルングに乗せるのはいやなんだよ！」

「俺に八つ当たりするなっつってんだろ！」

ふたりが言い争いを始めたとたん、ユルングが悲鳴を上げた。怪物の舌が翼の端を切りさくのが見え、翼竜はバランスを失って高度を下げ始めた。

「れ、連合軍に助けを呼ぼうぜ」

「死んでもいやだね！」

ダヤンは尻の下から、ちょうど自動車に備えつけてある発煙筒のような棒状のものを取り出した。そこに火をつけようとするところを、翔馬の頭ほどもある鏃がくだいた。

「殺す気か！」

「言っただろ。軍の世話になるのは死ぬ以上にいやなんだよ！」

ついにつかみ合いを始めたふたりを前に、翔馬は腹が立ってきた。いきなりわけのわからない場所に連れてこられて、しかもわけのわからない化け物に殺されようとしている。このままじゃ両親にも会えない、ゴジ……もうひとりうかんだ姿を急いで頭から消した。

「こんなところで死んでたまるか」

翔馬は箱の中に手をつっこんだ。先ほどのでんでん太鼓のような魔法の武器が見つかれば、戦えるかもしれない。中から出てきたのは、バイオリン、ウクレレなどの小型の弦楽器、そしてハーモニカ、カスタネットやシンバルなどのパーカッション類だった。翔馬は音楽教室に通っていたこともあって、ひと通りの楽器を見たりふれたりはしている。

どれもが古く、小さい。

幼い子どものおもちゃ並みに小さい楽器もあった。ただ、古いが頑丈でもあるようで、ユルングのはげしい動きにもたえて傷ひとつないものがほとんどだ。試しにカスタネットを持ってたたいてみるが、おなじみのかわいたかわいらしい音が鳴るばかりで何も起こらない。

「あれが見えるってことは、お前もムジークが使えるはずだ」

よくわからないながら、翔馬はなんとかうなずく。

「あれは、ティーグ（雷虎）といって、十二ある礎のひとつだ」

「あの虎のこと？」

「おい。お前、さっきヒムカのムジークが見えると言ったな」

ダヤンの長い髪とひげが風ではげしく乱れる。

「無理でもあきらめないのが天空の運び屋ダヤンとヒムカだ。これまで王国の竜騎兵に追いかけられたってあきらめたことはねえ。誇り高き翼の帝国の生き残りとしてな」

絶対に、と言いつつダヤンはヒムカのために懸命に竜を御していた。

「俺にはその力がない。ヒムカは少しくらいなら使えるが、さっきの一戦で力を使い果たしてしまった。そしてホルベグに弓矢で勝つのは絶対に無理だ」

「ダヤンさんは使えるの？」

「ショウマ、それを使う気か」

「子どもじゃない。翔馬」

「おい、子ども」

無理だよと言いかける翔馬の胸ぐらをつかんだ。

「うるせえ、だまって聞け。お前には大切なだれかはいるか？」

「家族ってこと？」

「家族以外だ。血はつながってないが、すべてをささげてもいいって相手だ。ヴァジュラムにも神はいるだろう」

「別にそんなの信じてない」

「それでよくムジークや精霊とうまくやっていけるな……。じゃあいいや。お前、妻や恋人はいるか」

「な、何言ってんの？」

翔馬は、箱の中から最後のピアニカに似た楽器を手の中でいじりつつ口ごもった。

「大切なことなんだ。ムジークには何かを信じる強い想いが必要だ。信じる者と信じられる者のあいだに強いつながりがあれば、そこに弓の弦に似たものが生まれる。太鼓の皮でもいいんだが、ともかくそういうやつだ。ムジークは強い想いを音に乗せて強大な力に変えるためのものだ。ただ、使えるやつは限られているけどな」

ダヤンのいかつい顔は冗談を言っている顔ではなかった。ユルングの背中ではヒムカが絶望的な戦いを続けている。翼竜も悲鳴に似た鳴き声を上げつつ、にげきるために懸命だった。

「俺たちがたのまれた乗客は、お前たちの世界、ヴァジュラムでも指折りのムジーク使いの少女だと聞いていた。お前はそもそも女の子ではなさそうだが、ここに乗っているには何か意味があるのかもしれん。いや、意味をつけるもつけないもお前次第だ」

最後の楽器である小さなピアニカには吹き口がなく、さらに小型だ。

「ムジークを教えてやりな！」

「そんなの無理に決まってんだろ」

ダヤンは翔馬の胸ぐらをつかみ、

「だれかを想い、それを奏でろ」

そう命じた。

「そんなの無理……」

反論し終える前にダヤンはもう前を向いていた。手綱をにぎってユルングと共に飛ぶことだけに集中している。それはヒムカも同じだった。最後の矢を射終えると、腰に佩く短剣をぬいている。その刃は人を殺めるにはじゅうぶんに長く厚いが、怪物に対してはあまりに小さい。

死にたくない。

翔馬はそう思い、手を合わせて息を吹きかける。指先の冷たさが、体を包む空の寒さを教えていた。どうやらこの世界で魔法(まほう)を使うには、楽器を弾(ひ)かなければならないようだ。しかも家族以外のだれかを想いながら、という条件もつく。

だれかを妻や恋人(こいびと)にしたいなんて、考えたこともないから。

翔馬はだれに言うでもなくつぶやいた。指を動かしてみる。適当に「ねこふんじゃった」を弾いてみるが、おもちゃピアノの音がするだけで何も起こらない。

やはりダヤンの言うとおり、だれかを想わなければならないらしい。翔馬は必死に考えた末に、ぬけ道をひとつ見つけた。

「想えば、いいんだよね……」

それ「だけ」なら簡単だ。コンクールで連弾(れんだん)をさせられる相手は、クラスではにくむべき敵だ。暴力と正論でおしつぶしてくる怪獣(かいじゅう)だ。頭の中で優里奈(ゆりな)が変わり、ホルベグと重なっていく。

あいつをたおせ。どんな曲を弾く?

手元にあの楽譜(がくふ)があった。優里奈と連弾するはずだったあの曲だ。

指が旋律(せんりつ)を奏でだす。曲を演奏しようという意識はなかった。音は宙に放たれるのと同時に、無数の形を持った——ちょうど雪の結晶(けっしょう)のように。だが雪のように舞(ま)い落ちることはなく、網(あみ)

のように広がり、暗く赤い色を放っている。
優里奈のことを考えるとこんなことになるんだ、と翔馬は一瞬ひるんだ。

おどろおどろしい、ホルベグを上回る怪物をイメージする。作曲なんてしたこともなかったが、指が鍵盤の上をおどるたびに旋律となって空へと広がっていく。それがやがて、長大な尾を持つ大怪獣へと姿を変え始めた。

魔法を使えている、と喜ぶ間もなく二匹の怪物が戦い始める。いつしか小さな鍵盤が八十八鍵のグランドピアノに似た楽器に姿を変えていた。無数の紋様がうかび、まばゆい光を放っているのは、あの太鼓と同じだ。

「うそだろ……」

ヒムカがぼうぜんと空を見上げているのも、どこか心地よかった。翔馬の指先が奏でる、重くはげしい短調の曲が、怪物たちの戦いをいろどっている。その曲に管弦楽の分厚い音が交わり始めた。

音がルールを逸脱し、狂想曲となって暴れだす。大空のすべてがコンサートホールになったような錯覚の中で、発表会やコンクールで感じたことのない快感が音と共にあふれ出していく。

「おい、もうやめろ！」

頭を拳でなぐられて、翔馬は我に返った。

「そのムジーク、どこで覚えた」

「どこでって……この楽譜を見て」

「あのムジークに譜などない。いい加減なことを言うと許さんぞ」

ダヤンが腰に差していた短刀をぬいたので、翔馬は腰をぬかしてしまった。

「あのムジークをなぜお前が知っている」

「それは、優里奈が弾こうって」

「ユリナ？　だれだそれは」

「と……友達だよ！　コンクールでいっしょに弾くことになってたんだ！」

恐怖に飲みこまれまいと大声で言い返す。ヒムカがダヤンの肩をおさえ、落ち着くようなうながした。分厚い短刀を腰にしまったダヤンは、舌打ちをして傷ついた竜を労っている。

「……それにしてもヒムカ、とんでもないもんを背負いこんじまったな」

「ああ、あたしらの手には負えない」

「どうする？　俺たちのために働かせるか。今の女王がこいつのムジークを見聞したらうばいにくるかもしれねえ。なんせあれは〝滅びの調べ〟……」

ダヤンは一度鞘（さや）に納めた短刀を翔馬（しょうま）ののどにつきつけた。

「どうする。我らの力となるか」

意味がわからず、恐怖（きょうふ）で翔馬は動けなくなってしまった。

「答えを選べぬような者は敵にも味方にもしておけぬ」

ヒムカは前を向いたきりだまっている。ダヤンが大きく短刀をふりかぶったところで翔馬は立ち上がり、ピアニカをつき出した。ダヤンがひるんだところで弾（ひ）こうとしたが、体に力が入らず、竜（りゅう）の背でよろめいてしまう。そのまま足をすべらせた翔馬は長い悲鳴を上げて異界の空を落ちていくほかなかった。

第2章

フェスト・ヴィミラニエ

― 村の祝祭 ―

FESTO VYMILANIYE

1

校舎から聞こえていたあの旋律（せんりつ）。

となりで優里奈（ゆりな）が奏でていたあの音色が頭の中をめぐり、やがて消えていく。

確か、成田（なりた）空港から飛行機に乗ったはずだった。なのに空を落ちて、その先には無数の大きな穴が開いている。黒く、闇（やみ）に満たされた底なしの穴だ。地図のあちこちに炎（ほのお）で穴を開けたように、そこだけぽっかりと不気味な口を開いている。

落ちることより、そこに吸いこまれることのほうがこわかった。目前にせまる闇を見て悲鳴を上げたところで目が覚めた。

まず感じたのは香りだ。お寺のようなお香のにおいのする部屋の中で、ベッドに寝（ね）かされている。丸い天蓋（てんがい）には白いベールがかかっていて、うす暗い部屋の様子はよくわからない。

天蓋には細かな彫刻（ちょうこく）がほどこされていて、よく見ると天使のように羽の生えた人たちが手に弓ややりを持ち、竜（りゅう）に似た生き物を追っていた。竜の羽音や天使の歌声が聞こえてくるような、それだけリアルな彫刻だった。

「起きてるかな？」

声がして、ベールがそっと開けられた。小学校低学年くらいの、小さな女の子だ。黒く重そうな衣をまとっているのでふっくら見えるが、顔立ちはほっそりとしている。長い髪には青い小さなかざりが結びつけられ、同じ色の耳かざりもつけている。こちらの様子をうかがおうとするたびにゆれて美しかった。

「そのかざり、きれいだね」

翔馬が声をかけると、小さな悲鳴と共に飛び上がった。だがプライドも高いのか、おどろいた表情をあわてて消して不機嫌な顔になった。

「起きてたんだ」

「起きてるかって声かけてくれたから」

「ベゼリア。私の宝物」

ぶっきらぼうに言った。

「俺は沖田翔馬っていうんだ」

すると少女は口をおさえて小さく笑った。

「このかざりのことを問うから答えてあげたのに。この石はベゼリアっていうの。青き泉の調べが宝石に変わったものだよ。私の名はコロー」

少女は近づいてきて、耳かざりを外す。そして翔馬(しょうま)の耳元に近づけた。確かに、石なのに音が聞こえる。泉から清水(しみず)がわき出るような、ころころと優しい音がする。コローという名の女の子が持つ石がころころと音を立てるのが、なんだかかわいらしかった。

「でもどうして石から音が鳴るの？」

翔馬が不思議がっていると、コローは笑いだした。

「石が歌うの。人が歌えない代わりに、石が歌うんだよ」

信じられないことだったが、翔馬は飛行機が空港を出発してからのことを思い出してだまった。今いるこの場所では、不思議なことが次々に起こる。石が歌うことがあってもおかしくないのかもしれない。

「俺(おれ)、どうしてここに……」

「ここはダリーニャ村。君は空から落ちてきたんだ」

「落ちてきた？」

話しているうちに、何が起きたかを思い出した。乗っていた飛行機が急におかしくなって、嵐の中につっこんだかと思うと、竜(りゅう)の背中に荒々(あらあら)しいふたりがいて、別の竜に追い回されているうちにピアニカのような楽器からムジークという魔法に似た不思議な力が出て……。

「それ、本当に見えたの?」

コロ一が青ざめてたずねた。

「本当、だと思う」

あまりにもばかげていて、もし立場が逆だったら信じられなかっただろう。

「ムジークを使う空賊に会ったんだ。どんなムジークだった?」

「ムジークってその魔法みたいなやつだよね。ヒムカさんはでんでん太鼓みたいなのをふり回しているうちに、そこから虎みたいな怪獣が出てきて追いかけてきた竜と戦ったんだ」

「ティーグ(雷虎)だ!」

「知ってるの?」

「ムジークに十二ある礎のひとつだよ。その咆哮は雷鳴のごとく、その疾走は光のごとし」

頬を紅潮させて、コロ一は歌うように言う。

「そうだ、ダヤンとヒムカっていう人を探してるんだけど」

両親や乗ってきた飛行機のことは気になったが、まずはこちらの世界になじみのありそうな人の名前を出した。だが、その名前を聞くと少女の顔色がさっと変わった。

「ダヤンとヒムカを知ってるなんて、ショウマも空賊の仲間？」

「ちがう。気づいたらあの人たちの竜に乗せられていたんだ」

じりじりとあとずさりしたコローは、呼びとめる間もなく走って部屋を出ていった。あとを追おうとしたが、体を起こすと背中のあたりがはげしく痛んだ。ベッドから落ちてうめいていると、太い腕ががっちりと支えてくれた。

「お前が空賊でないことはわかっている。空賊の連中とは明らかにちがった姿だ。かといって、我らの仲間でもない」

屈強そうな体格の若者だ。耳と首を装っているかざりには、燃えるような紅の宝玉があしらわれている。

「あの、ここは……」

「まず、お前はどこから来た何者かを明らかにしてくれないか。空から落ちてきた少年が、何か悪い兆しなのではないかと心配している者もいる。空賊ならまだいいが、さらに上の悪しきものだったら大変なことだからな」

「悪しきもの……あの、俺は」

「オキタ・ショウマというのだろう？　さっきコローに聞いたよ。まさかお前は、名前さえ名乗れば自分の出自を明かしたことになると思っているのか」

翔馬がきょとんとしていると、

「要は正体が怪物とかそういうものだ」

「あのホルベグっていう」

「見たのか。あれを空で見てよく無事だったな」

男はダリーニャ村の村長ガウロンと名乗り、腕組みを解いて感心したように言った。そこからさかのぼるように、翔馬は自分の身に起きたことを話した。興味深げに聞いていた男は大きなため息をついた。

「信じられんな」

男は長くかたそうな赤毛を後ろでしばっていた。そこから見える首も、たくましい腕や体格に似つかわしく太い。

「お前の住んでいたニホンやトウキョウといった場所も聞いたことがない。それに、鉄のかたまりでできているヒコウキとかいう乗り物に座っていたら、いつの間にかユルングという竜に乗っていたという話も信じがたい」

ガウロンは腕組みをして考えこんだ。

「空賊（くうぞく）どもはヴァジュラムの門で何をしているのか、話していたか」

「何か探しているみたいだったけど」

「なるほどな……少なくともショウマがその探し物ではなかったわけだ。もしかしたら、命拾いしたのかもしれんぞ。空賊たちの探し物なのだとしたら、お前を村に置いておくわけにはいかなくなる。めんどうを避（さ）けるために殺さなければならなくなる」

「お、おどかさないでください」

「おどしではない」

ガウロンは表情を引きしめた。扉（とびら）の外で、大勢の人が集まる気配がしていた。

2

「ガウロンさま、開けてくれ！　空から降ってきた子どもなんてまともじゃない。空賊と関わり合うのも軍の連中ににらまれるのもまっぴらごめんだ」

威勢（いせい）のいい、しかしとげのある声がする。その言葉を合図にしたかのように、どん、どん、と地面がゆれ始める。ぼう、と低い別の音が地響き（じひび）に混じる。

「怒（おこ）っている。だが調べにならぬように気をつけなければならぬ」

ガウロンは困ったような表情をうかべて頭をかいた。

「俺（おれ）のせい？」

「落ちたのはお前のせいではないよ。ただ……この村に落ちてきたのは意味があるのかもしれないな」

そう言って小屋の戸を開けると、音はやんだ。扉は思った以上に大きく、開け放つと外がはっきりと見える。数十人の人が小屋を取り囲んでいる。ガウロンは大柄（おおがら）だが、ほかの人たちの体は小さい。

「この少年のあつかいは私に任せてくれないか」

ゆったりとした口調でガウロンはたのんだ。

「早いところ谷に埋（う）めちまったほうがいい。王都から役人が来たら、またやっかいなことになる」

老人のひとりがつばを飛ばしながら言い返した。埋める、という言葉に翔馬（しょうま）はふるえ上がった。

「まあ待ちなさい。この子は空から落ちてきた。どういう事情かは知らないが、空のものは空に返すのが筋ではないかな。王都からの役人もやっかいだが、上ともめるのはさらに困ったことになりかねないだろう」

翔馬はコローがこちらをじっと見つめているのに気づいた。どういう顔をしていいかわからず、小さく手をふると、大人の後ろにさっとかくれてしまった。人々は顔を見合わせてどうするのがいいのかはげしく言い合っている。

　口論が落ち着いたところで、

「このショウマはムジークの使い手らしいぞ」

　ガウロンが言うと、人々の表情が一変した。

「こんな子どもが？」

「空でホルベグに襲われた。しかも空賊の駆る翼竜の上で、だ。やつらがどこからか盗んできた術器は、常人にはあつかえない。しかし、このショウマにはできた。それにホルベグが飛ぶような高い高い空から落ちてこのように無事なのだ。ムジークの精霊に守られていると思わないか？　そんな子を谷に埋めるようなことはできない」

　さらに人々がどよめく。

「こんな子どもがスクオーラの卒業生だってのかよ。信じられないね」

　若者のひとりが言うと、数人がうなずいた。

「ス……何？」

「ムジークの学び舎のことだよ。選ばれた者しか入れないし、この村から入学を許されたのは俺だけだ。もっとも、ついていけずにとちゅうで放り出されたけどな」

ガウロンは小声で言うと、また村人たちに対した。

「もし彼が偉大なるスクオーラの学び舎を卒業した者だとしたら、なおさら丁重にあつかうべきだと思うが、どうかな」

村人の意見も割れ始めていた。翔馬を埋めろ、というおそろしいさけびはじょじょに小さくなっていたが、

「ムジークの使い手ならその証拠を見たい」

と幼い声が響いた。声の主を探すと、コローがまっすぐにこちらを見つめている。

「村の祠に、だれにも使えない術器があるよね。もしショウマが本当にムジーク使いなら使えるはずだよ」

少女の言葉に村人たちは一斉にうなずいた。

「確かにそうだ。スクオーラを卒業できなかったガウロンにはあの術器は使えなかった。この子が本物のムジーク使いなら……」

人々の視線が集まり、翔馬はたじろいだ。

「なるほど、皆の言葉にも一理ある。しかしムジークには備えも必要だ。ここは一度引き下がってくれないか。明日、村会を行なおう。それまでに術器をここへ持ってきてくれ」

村人はなかば納得いかないような顔で散っていった。コローは最後まで残り、翔馬のことをにらんでから、小屋の前から姿を消した。だれもいないのを確かめて、ガウロンは扉を閉める。

はあ、と大きなため息をついた。

「まさかこんな形で願いがかなうとはな」

「願い？」

「俺はムジーク使いになれなかった落ちこぼれだったからな。いつか大きな力の持ち主が来て、ムジークの偉大さを教えて……いや、見せてくれないかと夢見ていたのだ」

「俺、そういう魔法みたいなの使えないんですけど……」

「だが、使えなければショウマは谷に埋められるぞ」

「そんなこと言われても……」

ショウマは泣きたくなってきた。ガウロンも気の毒そうな表情をうかべていたが、

「そういえば」

と何かを思い出したように腕組みを解いた。

「ショウマはヴァジュラムから来たのだったな」

「よくわからないけど、ダヤンたちはそう言ってた」

「この世界、ガル・パ・コーサは〈長き国〉という大国が治めていた。だが百年ほど前に国が乱れ、先代の女王がとほうもないムジークを使ってようやく世界を統一したのだが、ひとつのうわさがあった。ヴァジュラムから来たのではないか、というものだ」

やがて、今の女王〈リリア〉がムジークを司り、すべての楽器や歌に呪いをかけて禁じたという。

「先代のリエルさまは、娘のリリアさまと戦って敗れ、王宮を追われた。空賊の連中は王宮を追われたリエルさまについた者たちで、現女王との決戦に敗れたのち、死罪となるところを命だけは許されて追放された。空賊の中にはリエルさまの臣下だった者が多い。戦ののち、姿を消したリエルさまは彼らを使い、ヴァジュラムとの門に出入りして禁じられたムジークを手に入れようとしているとも聞く。うわさだと思っていたが……」

やがて、表がさわがしくなった。

「術器が届いたようだ。ショウマも見にいこう」

「村の人たちの前に出ても大丈夫なの？」

先ほどの剣幕を思い出すとこわくなってしまう。

「ここで顔を出さないと、ショウマはより得体の知れないものと思われてしまう。術器を使いこなせる自信は？」

「全然ないです……」

「だったらそのあとのことを考えておこう」

顔つきはこわいが意外と親切な人だと翔馬は安心した。

「ほっとしてる場合じゃないぞ。いくら俺が村長だからといっても、村人のすべてがお前を悪しきものと考え、やはり谷底に埋めろと言い出したらとめられない」

外に出ると、村人たちはやはり不審者でも見るような視線を翔馬に向けていた。そして、神輿のようにきらきらと光る箱の中に、その術器は入っているらしかった。

「さあ、術の準備をするから皆の衆は帰った帰った。目がつぶれても知らないぞ」

厳重に鎖がかけられ、ふたには何かお札のようなものがはりつけてある。

「ガウロンさん、開けてもらっていいですか」

「術器の封印はムジーク使いでなければ解くことはできない」

「そこからなの……」

翔馬はうんざりした。

「年に二度、春と秋に祭りを行う。でもこの箱を開けることは決してないんだ。昔は都からムジーク使いが来て祭祀を取り仕切っていたが、それでも開けることはない」

「どうしてです？」

「王に認められたムジーク使いのみが使うことを許されているからだ。世界も災厄続きで、へたなことをするとあとのたたりがこわい」

地上に開いたあの黒い穴のことが気になった。

「あの中には何が？」

「何も」

何もないんだ、とガウロンはくり返した。

「世界中に虚無の穴、パウスが開いた。先代の女王はムジークの力をもってパウスを封じようとしたが、あらゆる調べは功を成さず、多くの町、城、山や湖が飲みこまれた。もちろん、人や獣たちもな……」

低いうなり声のような音が重なって聞こえてきた。その冷たさと重さに、翔馬は思わず耳をふさぐ。

「パウスの鳴き声だ」

「鳴き声？」

「風が穴のふちをこするのか、それとも穴自体が鳴くのか、確かめる術はない。ただ、夜の闇が訪れる前に鳴くんだよ。そのたびにどこかで新たな穴が開くと言われている。自分の足元に開かないように祈ることしかできないがね」

ガウロンはあきらめたように肩をすくめた。

「さて、箱を開けるか。うわさによれば、ファーゴという術器がかくされているとか」

「ファーゴ？」

「〈それは偉大なるムジークを空より導くもの。黒き雲と白き陽光の音色を我が物とする〉と言い伝えられている。俺もくわしくは知らないがね」

翔馬は天をあおいだ。箱はガウロンがなんとかひとりで担げる程度の大きさだ。部屋の中に運び入れてはくれたが、開くことはできないと肩をすくめた。

翔馬はおそるおそる、箱を封じているお札に手をのばしてみた。次の瞬間、強烈な平手打ちを食らったような衝撃を受けて尻もちをついた。

「いって……」

ガウロンがおどろいたように翔馬と箱を交互に見ている。

「何が起きた」

「何がって、見てのとおりです」

だがガウロンが箱にふれても何も起こらない。ただ、札を取ろうとしてもはがれないし、箱を封じている鎖もびくともしない。もう一度やってみろ、というガウロンに向かい、翔馬ははげしく首をふった。

「なぜだ。お前がムジークを使えるかどうかは別にして、この術器はお前を認めているのだぞ」

「きらわれてるみたいですけど……」

「それでもお前の存在を感じていることに変わりはない」

打たれた額がじんじんと痛む。母が激怒したときにくり出すフライパンよりも強烈な一撃だった。埋められるのはいやだが、これを何発も食らうのも気が進まなかった。

「ふうむ……」

しばらく考えこんでいたガウロンは、いい案がないか考えてくる、と部屋を出ていってしまった。小屋の窓から夕陽が入ってきて、箱のかざりを照らした。翔馬はふと、この世界にも太陽がある、ということに気づいた。

もしかしたら、元の世界とごく近いところにあるのかもしれない。そうだとしたら、帰るのもむずかしくないはずだ。小屋の外に走り出て、夕陽を見る。

村の周囲には何千年も生えているような、葉の形もわからないほどに高い木がぽつぽつとそびえていて、そのあいだを埋めているのはひざのあたりほどの高さのやわらかそうな草だ。風を受けて波打っている。

太陽は草原のはるか先に見える白い山並みの向こうにしずもうとしているが、赤みを帯びたやわらかな光の源を見て翔馬は言葉を失った。小さな太陽が三つあり、そのひとつ目がちょうどしずみきるところだった。ひとつしずむごとに空は暗くなり、そして夜になった。

ちがう世界で夜が来ると思うと心細くて体がふるえる。しばらく泣くことなんてなかった。家や家族が恋しくて泣くなんてもってのほかだ。だがそれでも、涙がこらえられなかった。

泣いたところでどうにもならない、と冷静になるまでずいぶんと時間がかかった。

「お腹すいたな……」

そういえば、飛行機に乗ってから何も食べていないことを思い出した。

3

「やっと泣きやんだ」

という声がして翔馬は飛び上がった。暗闇の中からコローが進み出てきた。

「夕食持ってきたのに、泣いてるから出ていけなかった」

さっきのように険しい顔をしていない。それどころか、どこか申し訳なさそうな顔をして、持っている鍋をつき出す。

「悪い人じゃなさそうだから、あげる。お母さんから教わったホグの煮こみ。私の大好物なの」

「あ、ありがとう……」

ずっしりとした鍋の取っ手を包んだ布から、温かさが伝わってきた。コローはそでの中からかたそうなパンに似た食べ物を取り出して、鍋の上に置いた。

「空を見ながら泣く人に悪い者はいないって、お母さんが教えてくれた」

コローは空を見上げた。

「お母さんはムジーク使いになろうとしたんだ。もともと体は弱かったんだけど、素質があるって言われて」

「じゃあ、都にいるの？」

「わからない。行ってしばらくしてから手紙が来なくなった。つてをたどってスクオーラにきいてみたけど、修業に来た人間の行く末については一切答えられないって」

「じゃあ、まだ修業中なんだ」

「ショウマは知らないんだね。ムジークの学校は、入るのもむずかしいけど出てくるのはもっとむずかしいんだ。そのほとんどが死んじゃうか、体も心もぼろぼろになって出てくるんだよ」

　コローの声はしめっていた。

「体の弱いお母（かあ）さんがそんなことする必要ないって、私もお父（とう）さんも何回もとめたんだ。でも、家族に苦労をかけているまま生きているのはいやだって……」

　コローが見せた敵意の底にあるものが、少しわかった気がした。

「えらいお母さんだね」

　自分の父親のことを思い出して、翔馬（しょうま）はため息をついた。コローにここまでに至る出来事を話して聞かせると、ぷっと吹（ふ）き出した。

「ショウマのお父さんは自由な人なんだね」

「自由すぎる」

「……私のお母さんも、ショウマのお父さんくらい気楽な人だったらよかったのに。お母さんは真面目すぎるんだ。それで……ショウマは本当にムジークを使えるの？」

探るようにコローがたずねる。

「ムジークって何なのかすらわからないのに、使うなんて」

「そんなのでよく生きてたね」

あのとき不思議な力が出たのはなぜなのかもわからない。その不思議な力を見せないと、明日自分の命がどうなるか。それを考えると吐き気がしてくる。

「何か練習しようと思っても、この箱を開くこともできなくて。さわるとたたかれるんだ」

「ムジークに選ばれた者だけがこの箱を開けるというけど……」

ただ、コローもどのように箱を開けてよいのかくわしく知らないらしい。

「まずは食べなよ」

温かそうな黒みを帯びた土鍋のふたを開けると、シチューに似た茶褐色の煮こみが出てきた。

何の肉かもきかずほおばる。塩からいが、とてつもない旨味が口の中いっぱいに広がっていく。

空港を出てからはじめてのまともな食事で、翔馬は鼻の奥が痛くなるほど感動してしまった。

「おいしい？　ヴァジュラムの人も同じ物食べるんだね」

「シチューに似てる」

「ヴァジュラムではそういうんだ。ダリーニャ村の名物料理、ホグの煮(に)こみだよ。ホグっていうのは木の下のほうにすんでてね……」

　コローの身ぶりから、豚(ぶた)や猪(いのしし)に似た生き物であることがわかった。

「それぞれ家にある木の下で十数頭ずつ飼ってるの。ハコウの木の実を食べてるから味には自信あるんだけど、向こうの世界の人にまで喜んでもらえるなんてね」

　ふとやわらかい笑みをうかべた。かわいい子なんだな、と翔馬(しょうま)は細められた目を見て思った。

　コローは翔馬の視線を受けると、つんとそっぽを向いた。

「は、早く食べてよ。これが最後の食事になるかもしれないんだから」

　それを思い出し、一気に食欲がなくなっていく。コローは落ちこむ翔馬を見てあたふたとあせっていたが、外に人の集まる気配がしてくると、大きな木のさじに肉をのせて差し出した。

「お腹をいっぱいにしておいて。満たされたお腹が勇気と知恵をくれるって、お母(かあ)さんが言ってた。ショウマは元の世界に帰りたいんでしょ？」

　勢いにおされるように肉を口に入れる。ほろほろとくずれてのどを下っていく。お腹からその

まま力に変わって全身にみなぎっていく気がした。翔馬が礼を言うと、コローは頬を赤くして、

「どういたしまして」

と小さく答えた。機嫌がよくなったのか、壁ぎわに立てかけてあった白い石板を小走りで取りに行ったコローは、胸を反らせた。

「これ、村の人たちにお知らせがあるときに広場にかかげるものだけど、ちょっと借りるね」

そして、十二個の小石を並べ、その下に大きく円を描いてそれを七つに区切った。

「ムジークのこと、ショウマは知っておいたほうがいいと思うんだ」

「あんまり知りたくないけど……」

正直、こわかった。空賊が使った術も、自分の奏でる音が放った力も気味が悪かった。

「知らないでこわがっているよりはいいと思う。ショウマにとっても周りの人にとっても。もし知らないままふり回して、だれかがけがをしたり死んじゃったら？」

「やめてよ。でもコローはムジークにくわしいんだ」

多少はね、と言いつつ白板に視線をもどした。

「これが十二の礎と基本の七調」

「基本……」

「ショウマが空の上で見たのは、神速を表すティーグ（雷虎）の礎に、自分たちを守る大地の調べを加えて奏でたはず。反撃したなら王者の調べもふくまれていたはずだよ」

「でも、怪物には効いてなかったみたい」

「ムジークの理やつながりを学ばない空賊には使いこなせないよ」

コローがそれぞれの区切りに指を置くと、小さな音が鳴った。

「これ、楽器？」

「ただの板。そしてこれがムジーク。あ、そうだ」

コローはじっとショウマを見つめた。

「私がムジークをほんの少し使えるのはだまっていてね。ショウマの力を見たときの村の人たち、見たでしょ？　何をされるかわからないもの」

そしてもう一度、七つに区切られた円に指を置いていく。

「和音だ」

「和音？」

今度はコローがたずねてきた。

「ええと……音をいくつか重ねて収まりのいい音を和音とかコードって呼んでる」

もう一度おさえてもらうと、それぞれCやA、Gのコードに似ているように思われた。さらに、七つに分けたものの中に二本の線を描き足してさらにおす。基本のコードはメジャーやマイナー、ディミニッシュ、セブンスと変化して旋律にいろどりを与える。七基調を三つに分けたものも、その変化に似ていた。

「ムジークの基本は十二の礎からできてるんだ。この十二礎がひと回りしてムジークの円環となる。この力を操ることができる人がムジーク使いと呼ばれてるんだ」

「理屈はわかるんだけど、どうしてそれが魔法になるの」

「ショウマはどうしてお腹がすくのとかいちいち考える？」

ムジークの力はそれほど自然でふつうなことだ、と言いたいらしい。

「でも、お腹すくくらい当たり前のことならどうして禁止されたりこわがったりするの」

「人が争う原因は結局当たり前のことなんじゃないの？　お腹がすいたり、安らかな暮らしをじゃまされたり、だれかに何かをうばわれるのがいやだったり。そのための一番強い武器がムジークだから、それを独りじめしたり禁じたりするんだ」

「……コローはしっかりしてるね」

「そんなことないけどさ。ともかく、次にムジークを使うときは頭に入れておいて。何かの役には立つと思う」

　そう言うと、煮(に)こんだスープのお代わりを入れてくれた。

「そろそろいいか」

　満腹になってひと息ついていると、ガウロンが呼びに来た。コローがいるのにおどろいたが、何も言わなかった。翔馬(しょうま)はいやで仕方がなかったが、なんとかしないと帰れないのだと自分に言い聞かせ、小屋から出た。村人たちの先頭に、高く先のとがった帽子(ぼうし)と、足もとまで垂れ下がったそでのある衣を身につけた占(うらな)い師が、表情を消して翔馬を見ていた。

　にげだしたくても周囲は村人たちで埋(う)めつくされている。彼らは不安そうで敵意を少しにじませ、しかし興味を持ってもいる。疑いと敵意を歓迎(かんげい)に変えてもらうには、この箱を開けて見せなければならない。

　占い師に従ってきたふたりの少年が、角笛の先に口をつけて頬(ほほ)をふくらませている。よく響(ひび)く低い音が木々のあいだにこだまするはずが、何の音もしない。占い師は指で空をつまんで投げ上げるような仕草を何度かくり返した。

「聖なる目が真実を我らに教えてくれることをこいねがう」

　占い師が指先で空を指し、次に翔馬を手招きした。

4

「ヴァジュラムから来た少年よ。お前はムジークの使い手であることを証明せねばならない。いつわりであった場合には、真実の目の裁きを受けるだろう」

翔馬は背中にびっしょりと汗をかいていた。術器の入った箱の封印を解くことができれば、命が助かる。

占い師の儀式が終わったところで、翔馬は広場の中央へ進むよううながされた。舞台の上に立って村人たちの顔を見ると、だれもが不安そうな顔をしている。自分がムジークという魔法に似た力を使えようが使えまいが助からないのではないか。そんな不安が胸の中から消えない。それでもやって見せなければ、両親に会うことも元の世界にもどることもできない。

おそるおそる箱に近づいていく。遠くから見るとただの黒っぽい大きな箱だが、近くで見ると竜や大きな甲虫、牙の大きな虎のような生き物など無数の浮き彫りがほどこされてあった。封印の鎖にも蛇のうろこのような細かい模様がびっしりと彫られている。手をふれようとすると何か温かみのようなものすら感じる。

「生きてる……」

翔馬は気味が悪くなって手を引っこめた。

「どうした！　早く開けてみせろ！」

村人のだれかがヤジを飛ばしてきた。ヤジを飛ばされてもどうしようもない。もう一度鎖に手を近づける。今度は温かさどころか心臓の鼓動(こどう)のようなものすら感じた。手にふれると、全身に鳥肌(とりはだ)が立った。

拒(こば)まれているのをはっきりと感じる。こわくなった翔馬は力まかせに引きちぎろうとすると、はげしい力でつき飛ばされた。舞台の上には、翔馬のほかにだれかいるわけではない。

「あいつ、封印に拒まれたぞ」

「ムジークの使い手なら封印は受け入れるはずだ」

「やはりあの子どもは村の災いにしかならないんだ。早いうちに始末したほうがいい……」

おそろしい声が聞こえてくる。村人たちの表情には怒(いか)りよりもおびえの色が濃(こ)かった。翔馬もおそろしくなってにげだしたかったが、ひざに力が入らず座りこんでしまった。数人の村人がガウロンの制止をふりきって翔馬をつかまえようと近づいてくる。

「ショウマ、歌って！」

幼い声が耳に飛びこんできた。

「資格を持つ者ならムジークを引き出すための歌を知っているはず」

「そんな急に歌えって……」

無理だよ、と目をつぶろうとしたそのとき、ポケットからスマートフォンが落ちた。

「これだけは……」

だれかと連絡を取るための最後の手段だった。異界に来てからは一切電波が入らないので、電源を切ってある。それでも、知っているだれかにつながるただひとつの道具だ。真っ暗だったはずの画面が白く輝いていた。村人たちにおさえつけられた拍子に電源が入ったのかもしれない。見つからないように体でかばう。

「何か持ってやがるぞ」

荒々しい腕が翔馬の手をねじり上げて取りあげようとするのを、懸命にこらえた。なぐられてもけられても、はなすつもりはなかった。

「歌うんだ！」

コローの声がまだ聞こえる。

「こんなときに歌えないよ！」

だが、どこからか女の子の歌声が聞こえてきた。コローが歌ってくれているのかと見ればそうではなさそうだった。騒然(そうぜん)となっていた村人たちも顔を見合わせて立ちすくんでいる。やがて、歌声の源が明らかになった。

「優里奈(ゆりな)の声……」

翔馬のスマートフォンを持っていた村人が腕をふり回す。端末(たんまつ)が木々のあいだから落ちていきかけ、やがてゆっくりと宙にうかんだ。白く光を放つ画面に何が映っているのかはわからない。しかし、何か歌声が流れ出しているのは確かだ。

声は確かに聞き覚えがある。だが、歌詞の意味がわからないし、メロディーも耳慣れない。どこかの民族音楽のようでもあった。

翔馬をおさえこんでいた村人たちが一斉(いっせい)にあとずさる。

「む、ムジークの呪いだ」

村人がにげようとするのをさえぎるように、歌声が木々の中を響(ひび)く。幼い少女が無数に現れ、人々のあいだを埋(う)めつくす。その少女の顔にも見覚えがあった。村人の数人が耳をおさえて座りこんだ。翔馬は頭の中に何かが入ってくるような違和感(いわかん)を覚えつつ、その正体が気になった。

「優里奈、お前の力なのか?」

だが歌声はやまず、舞台の上に置かれた箱に変化が生まれた。歌声と共に生まれた無数の小さな優里奈が箱を取り囲んで手を取り、歌い始めた。すると、札がはがれ落ち、にぶく黒い光を放つ封印の鎖が、はげしくふるえだす。多くの村人が天に許しをこい、だき合っておびえている中、翔馬とコローだけが箱の近くでその変化を見ていた。

「お母さんが開けたときもこうだった。封印は力を持つ人にしか解けないんだ……」

スマホの画面から流れてくる歌声は、人々の動きをとめた。恐怖によって動けないのではなく、うっとりと歌声に聞きほれているようにすら見えた。そして翔馬を拒んでいた封印の鎖の色まで変えていた。暗く冷たい鎖は温かみを帯びた、小麦色のやわらかな布のひもへと変わっていた。

「今だ、ショウマ！」

コローの声が聞こえた。翔馬は封印の鎖に手をかけて力をこめかけたが、すぐにゆるめた。力ずくで引きちぎるのではなく、箱の中身を見せてほしいと願った。

森の中に響いていた優里奈の歌声はやがて小さくなって消えていく。いつまでも聞いていたいような、なのに耳をふさぎたくなるような、不思議な魅力と悲しみをともなった歌声だった。

優里奈の歌が自分を助けてくれるなんて……。

それを不思議がっているひまはなかった。ただ、元いた世界のケンカ友達がその声を聞かせて

くれたというだけで心強かった。

翔馬は、スマートフォンがくだけ散るのと封印の鎖が自ら解けていくのを同時に見ていた。

箱のふたがきしみながらゆっくりと開いていくと、箱の中からわずかに光がもれ出す。

この中にムジークの道具が収まっているはずだ。空の上で見たそれは、小さなピアニカのような形をしていた。ピアノをずっと練習しているから、鍵盤楽器が出てくればなんとか使える。しかし、箱をのぞきこんで、相馬は一瞬喜び、そしてとほうに暮れた。

そこにあったのも、なかばくさりかけたようなピアニカだった。鍵盤もぼろぼろにくずれている。

「これじゃ弾けないよ」

せっかく箱を開けたのに、この道具を使えないでは意味がない。だが村人は翔馬が箱を開けたのを見ておどろいて目を見張っている。

「お前、本当にヴァジュラムのムジーク使い手だったのか……」

ガウロンも感心したように身を乗り出していた。

ピアニカに似た楽器はうすい光を放ち続けていた。手にとってなんとか音を奏でようとしてみたが息を吹きこむ穴も見つからない。

仕方なく鍵盤をおしてみると、ピアニカというよりはエレキギターのような音がする。しかもかなりヘビーな、ロックギターのような音だ。ふつうのピアニカなら一度鍵盤から指をはなせば音がやむ。しかしこの楽器からは耳ざわりなはげしい音が鳴り続けた。

「そうだ、コローが教えてくれたように……」

鍵盤があるなら音階や和音があるはずだ。

Cのコードをおしてみるが、ピアノとはかけはなれた音が出た。

「何なんだよ……」

ムジークが音楽に似たルールを持っているなら、楽器の使い方も似ていればいいのに。泣きたくなりながら必死に音を探す。だがとなり合っている音は音階にならず、ただうめくような音をしぼり出すばかりだ。

「ムジークを心に思うんだ！」

翔馬のとまどいを見たガウロンが声をかけた。

「ど、どういうこと？」

「ムジークは音だけじゃない……」

言いかけて耳をおさえ、ひざをつく。

「旋律（せんりつ）は奏でる者のこ……心だ。もし、めちゃくちゃな音しか出ないとしたら、それはお前の心が乱れているだけに過ぎない」

ただとまどっている翔馬の手の中で、その楽器はどんどん形を変えていく。自ら形を変える楽器など不気味で仕方がないが、ユルングの上で手にした楽器もやはりこうだった。

「ムジーク使いだ……」

人々のざわめきと悲鳴は、崇拝の祈りへと変わっていく。翔馬はほっとしたが、手の中のピアニカはいまや両手でかかえきれないほどの大きさへと育っていた。鍵盤から流れ出すのはもはや騒音といってよかった。

コローが何かさけんでいるのが見えるが、声が聞こえない。ガウロンが音の激流をかき分けるように近づいてこようとしたが吹き飛ばされてたおれた。村人たちはひざまずいているのではなく、動けないでいる。顔は苦痛にゆがみ、耳から血をふき出してたおれる者も出始めた。

5

音がとまらない。

翔馬はこわくなって楽器を放り投げようとした。だが、触手が数本のびて翔馬の体にからみつく。その一本が腕のところから皮膚の中へ入ろうと口を開けたのを見て、翔馬は悲鳴を上げた。

「捨てて！」

はうように近づいてきたコローが楽器に手をかける。するとはげしくがなり立てていた鍵盤に変化が生まれた。ノイズの向こうで旋律がわずかに聞こえる。

触手の先端が皮膚の下に入りこんでいる。体の中に大きなスピーカーをねじこまれたようなうるささと痛みに、翔馬は悲鳴を上げた。音が体をむしばんでいく。自分の肉体が異形のものへ変わっていく。声にならない咆哮が自分の口から吐き出されると、村を囲む大木が数本、爆発したかのように飛び散った。

体の中に入ってきた楽器は何か言いたげにさけび立てる。コローがふれてくれることによって、騒音は旋律に似たものに変わりつつあった。音が、旋律が何を意味しているのか探ろうと試みたが、痛みと音で心がかき乱される。

「負けたら音に取りこまれてしまう！」

コローの声が今度ははっきりと聞こえた。

触手は体のさらに奥深くに入りこんでくる。翔馬の心と体をおおいつくそうとするように、音の波は大きなうねりをともなって何度もおし寄せてきた。

負けるもんか！

うすれてゆく意識の中で、翔馬は懸命にさけんだ。空の上でホルベグという怪物と戦ったときと、同じ気持ちだった。母さんに会いたい。優里奈にだって会いたい。元の世界にもどりたい。強く思わないと、負けそうだった。

そのとき、おされてばかりだった感覚に変化が生まれた。皮膚の下に入りこんでいた楽器の触手をおし返している。

「拒んでもいけないんだ！」

コローがふたたびさけんだ。負けてもダメ、拒んでもダメ。だったらどうしたらいいんだ。この気味の悪い楽器に自分を乗っ取られるわけにはいかない。この楽器を追い出そうと気合いを入れ、騒音を必死で追いだす。

「にげて！」

翔馬は村人にとっさに言った。次の瞬間翔馬を襲ったのは、はげしい閃光と爆発音だった。その衝撃で彼自身も吹き飛ばされて舞台の下でたおれふす。光と音が収まって、遠くから聞こえる低い音も消えたところで翔馬はなんとか体を起こした。

目の前に広がる光景を見てがくぜんとなった。高く太い木々に囲まれていたはずなのに、大木の森がなくなっている。はるか向こうまで、大きなレストランのテーブルのように切り株が整然と並んでいるのが見えた。

「なんなのこれ……」

翔馬のとなりで倒れていたコローが青ざめた顔で周りを見まわしている。村人たちもあわてて立ち上がると、木の幹の中に作った小さな穴の中に入ってかくれた。

「皆殺しにする気か」

ガウロンの叱責に翔馬はあわてて首をふる。自分がしたことを見てこわくなった。もし、もう少し力が下のほうに放たれていたら、村人はみんな死んでいた。だが村人たちは恐怖に引きつった顔で翔馬をにらみつけ、何人かは弓を引いて翔馬にねらいを定めていた。

「やっぱりムジークを使うやつにろくなやつはいねえんだ」

「ちょ、ちょっと待って……」

翔馬がとめるよりも先に、弦にかけられた指がはなされる。鏃がキラリと光るのが見えて、思わず目をつぶる。だが、矢は翔馬の体に届く前に粉々にくだけ散っていた。

みんなが一斉に頭上を見上げると、空には大きな翼がいくつも舞っている。それは鳥ではなかった。翼竜(よくりゅう)たちが群れとなって、村の上で円を描(えが)いていた。

「やばいやつらに目をつけられちまった」

村人たちは恐慌(きょうふ)をきたして、それぞれかくれようとしたり家財を守ろうと右往左往している。

翼竜に乗った荒々(あらあら)しい者たちに、翔馬(しょうま)は見覚えがあった。

「あの竜たちは?」

おそるおそる翔馬がたずねると、

「空賊(くうぞく)だ。きっとお前を探しにきたんだ」

ガウロンがくちびるをかんだ。

「探しにきたって……さっきは落とされたんだよ」

空賊とも闇商人(やみしょうにん)ともつかぬふたりは、翔馬が楽器の力を引き出すのを見るなり、竜の翼(つばさ)からたたき落とした。

「やつらは前の大戦で負けた連中だが、何も一枚岩じゃない」

空賊たちは長く太いやりを持っていた。顔のほとんどがひげでおおわれた赤い肌(はだ)をした大男が、翼竜から下りてきた。翔馬が最初に出会ったダヤンではなかった。

「このあたりにムジーク使いがいるはずだ。そいつをわたせ」

「ムジーク使いなどいない」

ガウロンはつき放すように答えた。

「ほう、そうかい。で、納得するわけないだろ。この景色を見てムジーク使いがいないなどとだれが信じられる」

一望の限り、巨木の森がなくなっていた。

「しかしこんなへんぴな村に封印の箱があるなんてな。やはり失われた封印は上の世界だけじゃなくて下の世界にも散らばっていると考えたほうが良さそうだ」

男は箱の中をのぞいて、けげんな表情をうかべた。

「この中に術器が入っていたはずだ。おとなしくムジーク使いを出せ。貧乏くさい村をこれ以上荒らすつもりはない」

いつしか村は凶悪な顔をした空賊どもと巨大な牙をむき出しにした翼竜たちに囲まれていた。

「お前たちも知っているように、上の世界の政はひどいものだ。我ら〈翼の自由連合〉は先の女王リエルさまの徳を慕い、暴虐なる今の女王に反旗をひるがえしている。民たちのあいだでムジークを管理し、何おそれることなく暮らせる世界を築くのだ」

「空賊風情が何を言ってる」

ガウロンは舌打ちした。

「言うことは立派だが、お前たちのやっていることは盗賊でしかないではないか」

「だったら上の連中の命ずるままに、ためこんだ食料や財産をかすめ取られるだけでいいのか？　確かに俺たちの仲間が無法を働いたこともあった。それは謝る。しかしこれからはちがう。我らには偉大で美しい指導者がいるのだ」

「お前たちは欲のかたまりだ。人からうばうことしか考えていない連中の頭の中身がそう簡単に変わるわけがない。父祖の代からお前たちがしてきたこと、忘れたわけじゃないぞ。それが戦いに敗れた前の女王の名をかたって正義の味方ぶるのか」

「口のきき方には気をつけろよ。次のこの空と風の旋律を支配するのは俺たちなのだからな」

「ムジークの祝福がお前たちにあるはずがない」

「お前たちのような下民にもな」

空賊の頭目とガウロンははげしくにらみ合った。

「昔のことをあれこれ言う時間じゃない。ムジーク使いがいるかどうか、それだけ答えればいい」

「さっきも言ったが、そんなやつはいないね」

ガウロンの答えを合図にしたように空賊たちは暴れ始めた。悲鳴を上げてにげまどう人たちを見て、翔馬はたまらず前に出た。

「俺がそうです」

空賊の頭領は翔馬に近づき、品定めをするようにじろじろと見た。

「このあたりで見かけない衣だな。ダヤンたちが言ってたのはお前だな」

翔馬がうなずいたとき、頭上でまばゆい光がひらめいた。無数の黒い影が光の中から飛び出してくる。村はあっという間に空賊とはちがう一団たちに取り囲まれていた。空賊たちの何人かがやりや体に貫かれてたおれふす。

新たに下りてきた者たちは見た目も荒々しい空賊たちとはちがい、竜の翼は磨かれたように美しく、兵たちも同じく白銀の輝き放つ甲冑に身を固めている。

「うるわしきムジークを聞きつけたのか。飼い犬どもめ。追いはらってやれ！」

その声を合図にするように、空賊たちの数人が弓を構える。

「それじゃだめだ。おい、バラバニアを出せ。全員で奏でるぞ」

数人が小さな太鼓のような楽器を取り出し、たたき始めた。ヒムカが持っていたものと同じであることに翔馬は気づいた。強弱をつけた太鼓が空気をふるわせている。その震動がやがて色を持ち、形を持ち始める。

ヒムカの太鼓が呼び出したのよりもさらに大きな虎に似た獣が姿を現した。バラバニアと呼ばれた太鼓が奏でるリズムと旋律に乗って虎は舞い、竜の一団をけ散らしていく。だが相手もそれにそれにひるむことなく、一度大空高くへはばたくと、今度はホルンのような音色が聞こえてきた。それは一羽の鳳となり、虎のムジークとはげしくぶつかる。

「すごい……」

翔馬がおどろいて見上げていると、大したことないよ、とコローがはき捨てるように言った。

「あんなの、ムジークのまねごとをしてるだけ。ただ敵を傷つけ、殺すためのものじゃない。ムジークの何たるかを学ぼうともしないあいつらに使いこなせるはずはないんだ」

虎と鳳の怪物が腹に響く低音と風を切るような高音の中でぶつかり合い、やがて空をより自在に飛び回っていた鳳が虎を組みふせ、やがて太鼓の音がやんだ。それと同時に空賊たち数人が血をはいてたおれるのが見えた。

「攻撃やめ！」

あとから来た一団を率いる男が命じる。空賊たちはくやしそうに罵声を浴びせつつ、武器を構えることも音を出すこともしなかった。

6

「そのムジーク使いは我らが預かる。陛下の許しなく強い術を使うことは禁じられている。使い手がいるなら保護せねばならん」

「見つけたのはこちらだ。我らとの和平をやぶってことを構えようと言うのか？　ポルト・アレグロから下の世界では我らの通行は自由であると条文にも記されている」

竜騎兵の先頭に立っていた男が兜を外し、空賊の頭に向き合った。

「先の大戦で敗れたお前たちも、今や女王陛下のもとに忠誠を誓った間柄だ。ことを構える気はない。ま、先ほどはケンカを売られたから仕方なく買ってやったがな」

兵たちは甲冑をゆらして笑い、また不穏な空気が流れた。

「お前たちの女王に忠誠を誓ったわけではない」

空賊はかみつくように言い返すが、軍の長は小さく笑みをうかべるのみだ。軍側の翼竜は空賊たちをぐるりと取り囲んでいる。言葉でおどしをかけているのは空賊だが、包囲して圧をかけているのは軍のほうだ。

「戦で勝ったからといってここでも勝てると思うなよ。おい、一騎打ちで男を見せるような軍人はまだ残っているのか？」

するとと隊長らしき若者が竜を下りた。

「ムジークの恵みはお前たちの上にはない。見ただろ？」

「ムジークの恵みにあちらもこちらもない」

若き隊長は舌打ちをし、

「本当にそうかな？　ムジークは常に正義と共にあるのを見せてやろう」

と部下に命じた。ひとりの兵が竜の背に立ち上がり、鐘を打ち始める。はじめは小さくゆっくり、やがて速く大きくなる。翔馬はその低い鐘の音から、黒い煙が立ち上るのを見ておどろいた。

「何が見える？」

コローの問いに翔馬は黒い煙、と答えた。

「さっきの虎や大きな鳥も見えた」

「あの隊長、思ったより使えるみたいだけど、ショウマには全部見えている。これほど未熟な、ムジークにも至らない音ですら見えるんだね」

コローはさしておどろいた様子もなく言った。

太鼓の音から出た煙を帯びた隊長が苦しげなうめき声を上げる。それはうめいているだけではなく、何かの旋律を帯びていた。

「歌ってるみたいだ……」

「みたい、じゃなくて歌ってるんだよ。軍人の中には、ごく初歩のムジークを使える者がいる。あの人たちもそうなんだろうね」

隊長だけではなく空賊の頭目もそれに和するように歌い始める。歌は太鼓の音から生じる煙と合わせてふたりを包む。たがいの甲冑がやぶれるほどに体がふくれあがっていく。うめくように歌い続けた体は、岩のように大きく分厚くなった。

ぶつかり合う体と拳が、太鼓のリズムを乱していく。

「俺にはあんなことできないよ」

「ショウマほどの力があるなら、あんなくだらない術はいらない」

「どういうこと?」

「見たでしょ? 自分の力を」

ふたりの男のぶつかり合いは、プロの格闘家のようにはげしく速かった。村人だけではなく、兵隊や空賊も食い入るように見つめているのに、コローだけはどこか冷めた表情でながめていた。

やがてふたりのなぐり合いは決着がついたようで、翼(つばさ)の自由連合と名乗る空賊(くうぞく)たちはいまいましげに舌打ちし、

「ムジークをすべて己が手に入れたつもりかもしれないが、空に音は満ちあふれている。やがて音は調べとなり、悪しき旋律(せんりつ)を駆逐(くちく)するだろう」

そう言い捨てて去った。

「最後は軍まで出てきたか」

ガウロンは空賊たちの姿が小さくなるのを見送りながら舌打ちをした。

「軍隊なら助けに来てくれたんじゃないの？」

翔馬(しょうま)の問いにガウロンは首をふった。

「上の軍隊が下の者たちを助けるために軍勢を出すなど、ありえない話さ」

「その軍隊が何の用なの……」

「森を吹(ふ)き飛ばすようなムジークを見れば、様子を探りに来るだろうさ」

だが翔馬には自信も芽生え始めていた。あれほどの巨木(きょぼく)を一気になぎはらったのだから、軍隊だってやっつけられるはずだ。

小さなピアニカに似た姿にもどっていた楽器をもう一度手に取る。自分の気持ちをその楽器に

注ぎこむようにイメージすると、きしみをあげながらチェロのような大きさにまでふくれ上がった。オーケストラで見るような、マホガニーのつややかに磨かれた美しい曲線に囲まれているわけではない。ふれるのもはばかられるようなまがまがしいとげにおおわれていた。これは敵をたおすための姿だ。

「やめて！」

コローがさけんだ。しかし変形した楽器は、ふたたび触手を翔馬の中に埋めこもうとしてくる。今度はそれを拒むつもりはなかった。自らその魔力を体内に取りこんで、軍と称して村を囲んでいる者たちをやっつけてやる。

荒ぶる翔馬の心を、楽器の奏でる旋律があとおししていた。前よりはわかる。ムジークは音楽に似ている。一度鍵盤をたたくと、かん高い音が四方に広がる。竜騎兵たちはその音にたじろぐ様子を見せた。しかし、ねらう標的がだれかはっきりしたせいか、一気に翔馬に殺到してくる。

「負けるか！」

はげしく鍵盤を弾き鳴らすと、四方の森と空賊たちを吹き飛ばした衝撃波が、ふたたび楽器から放たれた。だがその音は別の旋律にかき消された。決してはげしい音ではない。頬をなでるような優しいメロディーだった。古い鍵盤楽器の音——音楽教室で先生に聞かせてもらった、ハープシコードという楽器に似た音がした。

翔馬はむきになって楽器をさらに弾き鳴らした。耳をつんざくようないびつな音が流れ続ける。だが、やわらかい音の壁をやぶることができない。翔馬は目の前の風景がゆらぎ出すのを感じていた。これ以上続けたら自分の命が危ない。

だが指はとまらず、音をとめることもできない。楽器には命なんてないはずなのに、もっと鳴らせ、もっと魂をわたせとせがまれているように感じた。

ハープシコードに似た音が、オクターブをこえてゆるやかに流れた。弱点をつかまれた猛獣のように、翔馬の弾き鳴らしていた楽器はふいに音をとめる。それと同時に、すべての活力を失って翔馬は地面にたおれていた。

「ムジークを正しくあつかう者ならこのようなおろかな行いはしない」

頭上から冷ややかな声が投げかけられた。

「己の心を整えることもできずに術器を奏でるなんて、自らの命を縮めるようなものだ。どれほどおろかな空賊も、お前のようなことはしないだろう」

なんとか翔馬が顔を上げると、そこには先ほど空賊の長をけ散らした、美しく甲冑に身を包んだ若者が立っていた。

「この村は第三十七巡検（じゅんけん）旅団第三先遣隊（せんけんたい）のローディー・ガーブランドがすべての権限をにぎる。この命令の根拠（こんきょ）は女王陛下の勅書（ちょくしょ）によるものだ」

ひとりの兵がはばの広い布を村人たちに示した。翔馬はそこに何が書いてあるかわからないが、人々が空賊に対するよりも恐怖（きょうふ）をあらわにしてひれふしたのが見えた。

翔馬にはもう座りこむ体力すら残っていなかった。村人や兵隊たちが見ていようが構わず、楽器の置いてあった舞台（ぶたい）の上で大の字になっていた。

「ムジーク使いのくせにずいぶんとだらしないんだな」

ローディと名乗った隊長がばかにしたように翔馬を見下ろした。あのハープシコードを使って翔馬をとめた人物とはちがうようだ。

「お前らなんなんだよ……」

おそろしい武装に身を固めた隊長に向かって無遠慮（ぶえんりょ）にそんなことをきけたのは、あまりにもつかれ果て、ためらいがうせていたからだ。だが、相手の怒（いか）りには火をつけた。

「危うき者が下の世界に現れたときは除けと命を受けている。あのまがまがしいムジークの力に非礼な言葉、殺されるにふさわしい」

軍人が腰（こし）の剣（つるぎ）をぬいて翔馬につきつけた。さすがに翔馬もこわくなって思わずあとずさる。だが剣は追ってこず、隊長は体をふるわせている。

「ローディ隊長、私たちの仲間になるかもしれない少年です。そこまでにしていただけませんか」

やわらかく丁重な女性の声がした。そでのない革のベストに同じ色のハーフパンツをはいた小柄な女の子が、じっとローディを見つめていた。

「……決してそのようなつもりはありません」

隊長は腹立たしげに剣で体を支え、それでいてどこかおそれているような表情をうかべながら、翔馬から顔をそむけた。

「ノクト先生はこのヴァジュラムから来た少年がムジーク使いだと、本当にお考えなのですか。こんなにめちゃくちゃなムジークの使い方をするムジーク使いを見たことがありません」

「それは、あなたが都のスクオーラを出た、育ちの良いムジーク使いばかりを見ているからでしょう」

それに対して隊長はあからさまに不愉快そうな表情をうかべた。

「そんなことはありませんがね。私はこれでも、上の世界も下の世界もすべて見て回っているのです。世間知らずとあなどっていただきたくはありませんな」

ノクトと呼ばれた少女は、ローディの抗議には答えず、ゆっくりと翔馬のほうに近づいてきた。

第3章

スクオーラ・ターイナ

—学び舎の謎—

SKUOLA TAJYNA

1

「あなたはヴァジュラムから来たと聞きましたが、それは本当か？」

丁寧で敵意を感じない口調だった。だが、人々が彼女を見る表情は、それこそ空賊たちが怪物を見たときと同じようなおびえがあった。そしてもうひとつ奇妙なのは、少女がそのような視線や表情を向けられても、一切気にしているそぶりを見せないことであった。

「ともかく、この村はもう軍の支配下に入った。女王陛下に反旗をひるがえしていない限り、身の危険はない」

「こちらで育てた物をみんなうばっているじゃないか」

だれかがヤジを飛ばした。兵隊たちは一斉に視線を向けたが、ノクトはまったく気にした様子を見せなかった。それどころか、そのヤジに向かってうなずいて見せたのである。

「私たち上の世界が豊かに暮らせているのは、下の民たちが重い貢租を納めてくれるからだ。その代り我らがムジークの恵みを皆にあたえている」

意外な言葉に、人々は顔を見合わせたが、彼女を見る表情からおびえやおそれが消えることは決してなかった。

「ショウマとやら。あなたは正当なムジーク使いではない。ムジークの学び舎スクオーラにいる生徒たちの顔は、大方頭の中に入っている。しかし、あなたを見た覚えはない。世界中から推薦される魔法学校への入学希望者の中にも、あなたのような少年はいなかった。だがムジークを使う以上は、上の世界に行かなければならない」

翔馬はいつしか、村人が彼女を見る視線と、自分に向けられるものが同じであることに気づいた。

「私が言っている意味、わかるね。ここにいてもあなたの居場所はない。ムジークの力をその魂に秘めている者は、ふつうの人たちの中にいても、双方に災いや不幸を招いてしまうだけだ」

翔馬は困ったようにガウロンを見た。

「尊き天上よりいらっしゃった、偉大なるムジーク使いに申し上げます」

ガウロンは改まった様子でひざをついた。

「古より、スクオーラに入学するものは、従者を連れてゆくことを許されると聞きます」

「確かにそうだが、それは昔の話です。今の生徒はたいていひとりだ」

「ですが、禁じられているわけではありませんよね」

ムジーク使いの少女はしばらく考えてからうなずいた。

「このショウマという少年は、ヴァジュラムかどうかはわかりませんが、我らの知らぬ地から来ているのはまちがいなさそうです。おそらく、この世界の規律も何も知らず、思わぬところで人に害をなしたり、罪を犯してしまうことがあるかもしれません」

ガウロンはコローの背中をおした。

「この子はショウマがこの村に来てから何かとめんどうを見ていました。従者として連れてゆくことをお許しください」

「……認めましょう」

しばらく考え、ノクトはうなずいた。

ローディは不満げにノクトを見ていたが、兵隊たちをうながして空へもどっていく。兵隊たちは白銀のうろこに全身をおおわれた翼竜（よくりゅう）に乗っていたが、ノクトは巨大なカラスに乗っていた。

「クロ、少し重くなりますがよろしいかな」

ノクトは自分が乗ってきたカラスに丁重にたのんだ。カラスは黒い瞳（ひとみ）を翔馬（しょうま）たちに向け、ひとつ短く鳴いた。村人たちはもはや木の幹の中へ姿をかくしてしまっている。

ガウロンだけがなんとも形容しがたい、静かで悲しげな表情をうかべて見送っていた。

カラスがひとつ羽ばたくごとに、先ほどまでいた村が遠ざかっていく。コローは生まれ育った

村がみるみる小さく遠くなっていくというのに、涙ひとつ見せない。しかも、とつぜん別世界から来た少年の供をするように命じられたというのに、とまどっている様子もなかった。

「私のお母さんはムジーク使いになりたくてしくじった人だから」

一秒ごとに形を変える雲を見ながらコローは言った。

「私がなれるとは思っていないけど、お母さんが正気を失うほどにのめりこんだものが何なのか、見てみたくなったの。ここ何年も願っていて、ガウロンさんにも言っていたんだけど、上と下の世界が交わることはまずないからあきらめていたんだよね」

それに、とコローははじめて悲しげな表情をうかべた。

「お母さんが身のほども知らずにムジーク使いを目指したから、村ではずっと白い目で見られていた」

「そうなんだ……。でもどうしてムジークを?」

「よそ者だったからね。よそ者は元からいた人たちから下に見られるか、力を見せて一目置かれるか。ムジークの力はみんなのあこがれで、それが使えたらとがんばったんだけど……」

そう言って肩をすくめた。翔馬はやはり、コローの母と自分の父が重なるような気がしていた。ふたりの話をじっとだまって聞いていたノクトは、

「都に行けばいろいろと学べるだろう」

と静かに言った。

「ノクトさまのムジーク、とてもすごかったです。母がなぜムジークにあこがれたのか、ほんの少しわかった気がします。母は言っていました。ムジークは美しくて優雅でそして楽しいものだ。ノクトさまのムジークが奏でる旋律は、お母さんの言葉のとおりでした」

コローの称賛を受けても、ノクトは前を向いてしばらくだまっていた。

「コローのお母さまの言葉は、半分正しいが半分はまちがっている」

「どういうことですか？」

「ショウマが見せたあの力も、やはりムジークだ。あなたはわかっているだろう？　私の術を見てその場にいる者すべてがおどろいているのに、あなただけは表情を変えなかった」

ノクトの言葉にコローはわずかに目をそらせた。

三人の乗るカラスが大きく旋回した。鳥の体が大きくかたむいて、はるか眼下に緑の大平原が見える。この緑は草や花ではなく、大木の枝からのびた針のような葉の集まりだ。だが、その一角だけ丸くけずり取ったようになっている。翔馬のムジークが吹き飛ばしたあとだった。

「もしあの力が人の多い町で放たれてしまっていたら……」

ノクトは静かな声で続けた。

「きっと多くの命が失われてしまったことだろう」

翔馬(しょうま)は体がふるえてくるのを感じた。

「かつてショウマが放ったようなムジークが無数に飛び交い、世界はこんな姿になった」

「なった……?」

地上に広がる険しい山々と荒原(こうげん)、そしてわずかな緑と海が空の上からは見える。荒(あ)れ果てて空からも見える巨大(きょだい)な穴が点在している。

「あの穴はパウスといって、前の戦が始まる前あたりからこの世界に姿を現した。そこにあった物はすべて無へと変わり、ムジークの力であっても元にもどすことはできない。そして女王と女王の戦いによって、世界の多くがあのパウスに飲みこまれてしまった」

「パウスって……休符(きゅうふ)のことですね」

コローが言うと、

「皮肉がきいてるだろ？　世界が休んでいるだけならいずれ始まるのだろうが、その実はあれこそが終末の証だ」

そうかわいた声でムジーク使いは言った。

「ところでショウマはいつからムジークの力を使えるようになったのだ？」

ノクトはふり向いてたずねた。

「この世界に来てから、ですけど……」

「ヴァジュラムではこのような力を使えなかったのだね？」

「ピアノは習っていました」

「ピアノ……それは術器の名前か」

翔馬の話を聞いて、ふむ、とノクトはしばらく考えこんだ。

「まるで吟遊詩人（ぎんゆう）のおとぎ話を聞かされているようだ。知らない言葉が次々に出てくる」

ノクトはハープシコードという言葉にも心当たりがないようだった。

「ショウマの世界では、術器を気軽に習いにいけて、その代わりムジークの力が使えないというわけか。私が住むこの世界とはずいぶんとちがう」

「ノクトさんは僕（ぼく）たちの世界に入ったことはないのですか」

「だれであってもみだりにヴァジュラムに行くことは禁じられている。かつてはどれほどの力があったとしても、とうていたどり着けないほどにふたつの世界は遠くはなれ、門によってのみつながっていたと伝え聞いている」

どうやって行き来していたのかわかれば、帰る方法がわかるかもしれないと希望をいだいた。

「この世界はムジークの力で成り立っている。あらゆる願いは強いムジークによってかなえられるだろう。そして最強のムジーク使いは女王陛下だ」

「女王様なら門をまた開けてくれるのでしょうか」

「開けないだろうね。世界を滅ぼしてもよいとでも思わない限りは」

ノクトが首をふったので、翔馬は肩を落とした。

2

「向こうの世界から迷いこんだ術器を持ちこむ密売人や空賊が、都でも大きな問題になっている。ようやく平穏を取りもどした世界に乱を呼ぶようなことを、陛下はなされないはずだ」

ノクトはさとすように言った。

「楽器……術器が増えるのは悪いことなんですか」

「さっきショウマは自分で暴発させたムジークの力を見ただろう？　無秩序にあんなことが起き

たら、ようやく取りもどしたガル・パ・コーサの平穏はやぶれてしまう」

空賊が村を襲ってきたり、あまり平穏な世界でもないように翔馬には思えたが、そのときコローが耳打ちしてきた。

「上の世界が平穏ということだよ」

「そうではない」

ノクトが少し口調を強めた。

「上も下も、この世界の一部であることに変わりないのだ」

「下の世界の人間はだれひとりそんなことを思ってはいません」

コローが言い放ち、気まずい沈黙がカラスの上にただよった。そうこうしているうちに、カラスはどんどん高度を上げていく。いくつもの雲の壁をこえて、大きなラッパのような形をした島にたどり着いた。

「ここは?」

「雲の城だ」

「都というのはここですか?」

「いや、ここが王都と下の世界を分ける関門になる。ここはちょうど、すべての風と人と物が集まってまた散っていく場所で、これより上に向かう者はすべて調べを受けなければならない。ショウマとコローは私の供だから、いっしょにいれば大丈夫だ」

美しい青みを帯びた雲に周囲をおおわれた、トランペットのような形をした島は思った以上に巨大だ。天上の都と下の世界をへだてるのにふさわしい、大きさと迫力だった。

そのとき、美しい都の軍とは様子のちがう者たちが城の一門から出入りしているのが見えた。

「ノクトさま、空賊がいます」

コローが声を上げた。

「ここは上の世界と下の世界のはざま。そしてたったひとつの自由港でもある」

「自由港？」

「女王陛下は空賊たちが空を荒らしすぎないよう、ここに彼らを集めている」

翔馬はふたりの話を聞いて不思議に思った。

「空賊って、戦争をした相手でしょ？」

「そうだよ」

コローはうなずいた。

「ムジークをぶつけ合った戦争で世界はふたつに割れてしまった。負けてムジークをうばわれた人たちの下の世界と、勝ってムジークと豊かな暮らしを得た人たちの世界にね」

「今は仲良しなんだ」

まさか、とコロ一は肩をすくめた。

「こうしてある程度の自由をあたえておいたほうが、言うことを聞かせられるし見張ることもできるから。もちろん、どっちも相手を信用なんてしてない」

かわいた声で言った。

「とりあえず戦うことはやめよう、という約束はしている。先ほどのように、空賊たちは悪さをしているようだけどね」

ノクトはため息をついた。

「ただ、何も村や船を襲うばかりではない。彼らの縄張りを通るときに相応の対価をはらえばおとなしく通してくれる。それに彼らは戦いに敗れたのち、商人として生きている。ふつうの商人よりも少々荒っぽいのだが、ここで都や軍の目の届くところに集めておくことで、無茶をさせないように枷をはめてもいるのだ」

翔馬たちを乗せた大きなカラスは、空賊たちとは反対側の口から風の城へと入っていった。

この空の港はポルトアレグレといい、都の人が使う白く美しいほうをビアンキ、空賊たちが群れ集まる雑然としたほうをロッサというらしい。

「あなたたちはポルトアレグレの長官の尋問を受けねばならない。私が引受人になっているが、身元のはっきりしない者を上にあげるのはいろいろとめんどうなんだ。あなたがこちらに来た理由が事故のようなものだと、長官には申し伝えてあるし、私が見たところ、ムジークを知らずに暴発させた危うさはあるものの、自らこの世界を傷つけようとしたわけではなさそうだ」

ノクトはそう言っていたが、翔馬たちが放りこまれたのは牢屋だった。

3

「ノクトさまはお供だって言ってたのにな。ま、牢屋にしては風通しも良くてすずしいのはいいけど……」

「牢屋に入ったことがあるの？」

翔馬がたずねると、コローはお母さんにそういう場所があると聞いた、と答えた。

「スクオーラの先生から出された課題がうまくいかなくて、お母さんはいろいろ考えて課題をこなそうとしたんだけど結局学校を燃やしたか爆発させたみたいなんだ」

「はげしいね……」

「さわぎを起こして牢屋に放りこまれたんだって。じめじめして汚くて最悪だったらしいよ」

母のことを話しているとときどきおかしさがこみ上げてくるようで、コローは口元をおさえて笑った。だが、小さな窓が壁の上のほうにポッンと開いているようなせまい牢屋の中で、ふたりともすぐに退屈してしまった。

「ねえショウマ、ヴァジュラムの歌を何か教えてよ」

「歌ぁ？　人前で歌うのははずかしいよ」

「みんなの前で歌わなくてどこで歌うの。私たちは年に一度、恵みの祭りの日だけ歌うことを許されているんだ」

コローは不思議そうだった。

「私たちはムジークを禁止されているから、歌が好きなんだ」

「だったらコローが先に歌ってみせてよ」

「そうなの？　いいよ。ここならしかられないだろうし」

いやがると思ったが、コローはむしろうれしそうな顔をした。

「長いこと歌っていなかった気がする。去年の村の祭りからちゃんと歌えてなかったから」

「練習とかするの？」

「みんなはしてるけど、私にはお母さんの一件もあったから。じゃあ一曲歌うね」

コローはすっと立ち上がると、胸に手を上げて目を閉じた。

そののどから発せられたのは美しく高い声だった。ピンと張りつめた透明な歌声の下に、一段低い音が混じっているように思える。ひとりなのに、ふたりで歌っているような不思議な声だった。旋律も翔馬の聞いたことのない不思議なものだ。

「森の歌だよ。思ったよりうまく歌えた」

歌い終えたコローは少し照れくさそうな顔をしていた。

「トーイといって、ひとりで高い音と低い音、両方を出して歌うんだ。術器が使えないから、せめて声で厚みを出そうとするんだよ。大人にはもっとうまい人もいるんだ。名人は三つの音を同時に出せるんだよ」

翔馬は感心してしまって、ますます歌うのがはずかしくなった。

「ピアノなら弾けるんだけど」

「そのピアノっていうのが、翔馬がヴァジュラムで演奏していた術器なんだね。演奏するのは楽しい？」

「楽しい、のかな……」

これまでのことを思い出した。幼稚園（ようちえん）のころからピアノ教室には通っている。発表会にも何回か出たし、コンクールに出られるほどに上達した。

でも楽しくてやっているかと問われれば正直自信がない。今はただ、親に教室に行けと言われるから言っているし、優里菜（ゆりな）に練習しろと言われるからやっている。

「でも、村の術器を弾いていたときのショウマの顔は、とても楽しそうで、楽しそうすぎてちょっとこわかった」

「あれは……術器の力のせいだよ」

あのピアニカに似た小さな楽器が、おそろしい姿に変わった。自らの意思を持っているかのようだった。めちゃくちゃな音を鳴らしているだけでも異様な心のたかぶりがあったのは確かだ。

「ショウマはスクオーラでムジークを学べば、きっちり使いこなせるようになるかもしれないね」

だがそう言われても、翔馬の心はさほどときめかなかった。

「そっか……」

コローはうかない翔馬の表情見て首をふった。

「お父さんやお母さんを連れて、元の世界に帰りたいんだよね」

そうだ。それ以外の願いは翔馬にはなかった。

「でもきっと、そう思い続けることが安全だと思う」

「安全？」

「ノクトさまは翔馬のことをすごくこわがってた」

「そんなふうには見えなかったけど……」

翔馬が爆発させたムジークの力は、あのハープシコードに似た術器の力によって、いとも簡単におさえこまれてしまったではないか。

「ムジークが十二の礎でできてるって話は覚えてる？」

翔馬はうなずいた。

「あの円に描いてくれたやつでしょ」

「そう。十二の礎はそれぞれにつながってるんだけど、円の反対側にある力を打ち消し合う、相克っていう効果があるんだ。ノクトさまはショウマの力の要素を見ぬいて、その相克にあたるムジークを使った。でもそれはノクトさまの本来のムジークではないから、苦しかったみたい」

「俺のムジーク……ってどんなのなの」

術器にふれたときの心の異様なたかぶりと、森を吹き飛ばすような力がムジークだとしたら、その正体を知りたかった。

「……十二の礎には始まりがあり、終わりがある。ショウマのムジークはすべての旋律を終わらせるもの。滅びの調べだよ」

「そんなのあるの」

「すべてに始まりと終わりがあるんだ。ムジークもそうなのが自然でしょ？」

翔馬は自分の手をじっと見た。特別な力も才能もない、ただの小学生の手だ。

「ノクトさまはスクオーラを卒業して女王陛下に認められた、正式なムジーク使いだ。そんな人が、異世界から来てムジークのことを何も知らない男の子相手に、本気を出さないととめられなかったんだから」

「本気、出してたの？」

「私が見る限りはそうだよ。だからショウマはムジークを使いたいとか、その力がほしいとか、絶対に表に出してはいけないんだ」

翔馬は素直にうなずいた。元の世界に帰ること以外に何も望むことはない。おとなしくしていれば、そのチャンスだってきっとめぐってくるはずだ。

「そうだ」

ひとつ気になっていたことがあった。

「術器の箱を開けるとき、どうして歌えばいいって教えてくれたの？」

コローは一瞬はっと目を見開いたが、すぐにほほえんだ。

「お母さんから聞いていたから」

そうなんだ、と翔馬が納得したところで役人が呼びに来た。

4

ポルトアレグレの長官の前に引きすえられて、ここにいる理由を問われても、

「ただ両親を見つけて帰りたいだけです」

翔馬はそう言い続けた。ブロンズ色の甲冑を身につけた港の兵隊たちが居並ぶ先に、でっぷりと太った長官が座っていた。長官の赤い顔には汗がうかび、チラチラとノクトのほうを見ていたが、

「ムジークマスターのひとりであるノクトどのが客として認めたのであれば、何も問題ございま

せんよ」

「いや、あなたが問うべきことを問うて、この港の境をこえる許しを与えてもらえなければ、異世界の少年を都へ連れて行くことはできません」

そうして尋問が始まったが、ごく型どおりのものであったらしく、こわいと思うことはなかった。長官の尋問が終わると、翔馬たちは牢屋から宿に移された。かたい石の上に寝ることもなく、ふわふわとした羽毛の寝床が快適だった。

「私は村の木の葉の寝床のほうが好きだな」

コローはやわらかすぎてなじめないようだった。翔馬は家の寝床が恋しかったが、よくよく考えれば、生まれてからずっと住んでいたあの家は、もう翔馬が帰る場所ではなくなっていた。元の世界にもどったとしても、シンガポールというなじみのない場所に暮らすことになるのかと思うと気が重かった。それでもあんなおそろしい魔法の力がないだけいいのかもしれない。

翔馬はスマートフォンを取り出してみる。あのとき確かに、優里奈の声が聞こえた。優里奈の歌声はコローの歌と同じように、不思議な旋律をともなっていた。もし助けてくれたのだとしたら、優里奈には自分のことが見えていたのかもしれない。

「それも術器なの？」

「そういうんじゃないんだけど……」

アプリの中にはスマホを楽器のようにあつかえるものもあるが、説明がむずかしそうなので言わなかった。翔馬の話を聞いたコローが目を丸くした。

「遠くの人と話ができるんだ……。ショウマはうそを言った。ヴァジュラムにはムジークの力はないって言ってたのに」

「うそじゃないよ。これは魔法じゃないんだ」

「遠くの人と話をするなんてムジークの力以外にどうやって説明するのさ」

翔馬も電話の仕組みにくわしいわけではなかったが、電気の力で言葉を飛ばすんだ、となんとか説明した。だが、コローに電気って何ときかれて、そこでギブアップしてしまった。実際に使って見せようとしたが、もう電源は入らなかった。

「ヴァジュラムにも不思議な力があるんだね。でも遠くの世界の人と話せるなんて、とても素敵。ムジークの力みたいに危なくなさそうだし」

「危ない力はたくさんあると思うけど……」

翔馬はニュース番組を思い出しながら言った。

「戦争している国もあるし、こわい事件もたくさんあるみたい」

「そうなんだ。ヴァジュラムはとてもきれいで、音楽に満ちていて、平和なところだと思ってた。世界もガル・パ・コーサのように分けられていないんでしょ？」

翔馬は答えに困ってしまった。

「ひとつにまとまっているわけでもないけど……。よくわからない」

コローはそんな様子を見て少しおかしそうに笑った。

「私だって別に、この世界の何かを知ってるわけじゃないもの。でもこうしてショウマにくっついてるおかげで、話でしか聞いたことのない空の港にも来れたんだし。もっといろいろなことを知りたいから、当分こっちにいてほしいなって思うよ」

「ええ……」

「そんな困った顔しないで。冗談だよ」

コローはあわてたように手をふると、ベッドの中にもぐりこんでしまった。

夜はこの世界でも同じように来る。一日の感覚もほぼ同じように思える。ただちがうのは、世界の形や成り立ち、働く力のルールだった。世界は上下に分かれ、少し前にあった戦争のせいで多くの人が命を落とし、黒い穴だらけになった。ムジークという音楽に似たものが魔法みたいな力を持ち、禁止されたりそれを使って争ったりしている。

「意味わかんねえ」

つかれすぎて、かえって目がさえている。なんとか眠ろうとして目を閉じていると、よけいに周りの物音が気になる。雲の街ポルトアレグレの中は静かなものだったが、ときどき風の音が部屋の中にまで入ってくる。敏感になるほど、神経がたかぶっているようだった。

5

朝になって、すその広く長い、ゆったりとした服をわたされた。あまりなじみのない服だったが、指でふれてみるとサラサラとして気持ちがいい。映画に出てくる魔法使いの服のように黒く、よく見るとそで口やえりには飛行機に乗るときに見たような文様が縫いとられていた。

風が吹くと暖かく、日が当たるとすずしく感じる。そういううたい文句の服は翔馬の世界にも売っていたが、快適さではこちらのほうが上のような気がした。

「明日からはこれを着て暮らすように。ムジークを使う者は術理を学びながら王国のために働かなければならないからね」

ノクトに言われても気が進まなかった。別に翔馬はムジーク使いになるつもりもないし、学びたいわけでもなかった。

「そんな顔しないで」

コローは言った。

「この世界でムジークを使えるのは特別なことなんだよ」

「俺たちの世界で音楽ができるのは別に特別じゃないよ」

そう返すと、コローはむっとした。

「ヴァジュラムの世界のことはよく知らないけど、特別な力を持っているのにそれを大事にしないのは良くないと思う」

コローがここまではっきりいやそうな顔をするのははじめてな気がした。その怒りに負けて、翔馬は思わず謝ってしまっていた。コローはそんな翔馬を見てかえって気が引けたらしく、

「こっちこそごめん」

と頭を下げた。

「ショウマがちがう世界の人だってこと、つい忘れてしまう。でもショウマがここでムジーク使いの一員となるふりをすれば、いろいろ得なことも多いと思うんだ」

「確かにそうかもしれないけど……」

翔馬はコローの村で出してしまった力のことを思うと、おそろしかった。幼いころに魔法使いになりたいと思ったことはある。でも、あんなに大げさなものがほしいとは思っていなかった。

「ムジークはこわいでしょ」

コローは少し意地悪な顔をした。

「こわい。女王さまが禁じるわけだ」

「でも、ここにいればその操り方を学べるんだよ」

翔馬はふと気になった。

「……コローはムジークを身につけて何をしたいんだ？」

「私はただ、お母さんが夢に見たものが素晴らしいものかどうか知りたいだけだよ」

わずかに目をふせて答えるコローは、ずいぶんと大人っぽく見えた。

やがてノクトの従者がふたりを呼びに来て、一行は雲の街をあとにした。

村の人たちが「上の世界」と呼んでいる雲上の王都は不思議な姿をしていた。空にいくつもの島がうかんでいて、それぞれが細いつり橋でつながっている。

「空を飛んでる……」

「あれもムジークの力。耳をすましてみて。ショウマなら聞こえるはずだよ」

言われるとおりにしてみると、かすかに音が聞こえる。それはエンジンやモーターではなく、ごく短い旋律が幾重にも重なり合っている。

「どの礎でどの調べかわかる？」

コローが試すようにきいてきた。

「知っていることじゃなくて、心にたずねて」

雲間から流れてくる曲に翔馬は意識を向ける。おだやかで、いつまでもひたってたいような弦楽の四重奏に似ていた。ただゆるやかなだけではなく、軽やかで急な旋律が混じることがあって退屈しない。

「気まぐれでかわいらしくて、子どもたちが遊んでいるのを聞いているみたい」

そう言うと、コローはにこりと笑った。

「女王の都を大空にうかべているのは、ドーチ（童女）の礎に涼風の調べだよ」

「だれが演奏してるの？」

「強いムジークは一度放てばしばらく力が保てるんだよ。あれほどのムジークを奏でられるのは女王自身じゃないかな」

翔馬の世界では、音楽はいずれ風に乗って消えてしまう。旋律をまとって空にういている島は、石造りのようだった。もっとも大きなものが女王の城だという。翔馬が見たことのある屋根の反った天守閣ではなく、四角いブロックを積み上げたような、ごつごつした城だ。

島は小さいもので数十メートルから大きなものは数キロメートルはありそうで、その上に乗っている建物も、ブロックを積み上げたような堅牢そうなものだ。

「頑丈そう」

「守らなきゃいけないからね」

「守るって、何から？」

「戦争で得たものから」

「それがムジークなの？」

コローはそれには答えず、前を向いた。

島は糸のようなもので結ばれている。近づくとそれが道路になっているようで、人や物はそこを行き来している。ひときわ大きな島の中央に翔馬たちは近づいていく。高い城壁に囲まれているため、中の様子はうかがえない。

「コローはあの中に入ったことある？」

「……あるわけないでしょ」

コローはじっと王宮を見つめていた。

翔馬は、両親の行方(ゆくえ)も王宮に行けばわかるのではないかと期待していた。王宮にはムジーク使いも、翼竜(よくりゅう)を駆(か)る空の騎兵(きへい)もいる。ともかく、生きているかどうかだけでも確かめたかった。

だが、もし両親共に命を落としていたら、と想像すると体がふるえてくる。

「君たちはこちらへ」

ノクトにうながされて降り立ったのは、小さな島の上だった。目の前には高い鉄の扉がそびえ立ち、読めない字で何か書いてある。

「〈ムジークはすべてを超越(ちょうえつ)するものなり〉だって。ここがスクオーラみたいだよ」

コローが読んでくれた。ノクトが短くムジークを奏でると、門がきしみを上げて開き、一行をむかえ入れた。校舎までの中庭には緑濃(こ)い草花がびっしりと植えられていて、迷路のように入り組んでいる。

おどろくほど長く歩いた末に、石造りの建物の前へとたどり着く。蔦(つた)におおわれていて、窓の数から三階建てらしきことがわかる。顔が見えないほどに深くフードをかぶった者たちが、ノクトの来訪を受けてうやうやしく翔馬たちをむかえ入れた。

「ショウマとコローはここで暮らし、学びなさい。あとのことは師となるルビオが教えてくれるだろう」

ムジーク使いはそう言って去っていった。

6

蔦がびっしりと建物をおおっていて、遠くからだと緑のかたまりに見える。だが、蔦のあいだには小さな窓がいくつもあって、褐色のカーテンらしきものが風にひらめいているのが見えた。

「こちらへ」

落ち着きを取りもどしたスクオーラの職員がふたりを校舎の中へ招き入れる。来たことがないのに、どこかなつかしい感じのする建物だった。

「ここ、知ってるの」

足をとめる翔馬にコローはたずねた。

「そんなことないけど……」

蔦におおわれているせいか、校舎の中はうす暗い。オイルランプが点々と廊下に灯り、二階への階段を上がりきったところに木枠で仕切られた部屋があった。

そでの大きなゆったりとした衣を身につけた男女が、静かにペンを走らせたり書類をまとめたりしている。ここが事務室らしかった。

「急なことで寮の部屋も用意できていないから、しばらく書庫で寝起きするように。寮の部屋が用意できしだい移ってもらう」

ふたりにあたえられたのは、しめった紙のにおいがする暗い部屋だった。きれいに手入れされているものの、寝る部屋という感じはしない。本棚には革張りの古めかしい書物がぎっしりとつまっていた。ひときわ分厚い一冊を見てみようとしたが固まって開かない。

「これ、かざり?」

「かざりじゃないよ。ムジークの術書」

「開かないよ」

「術書は特別な力を持ってる。手にした者の力を読みとって開くか決めるらしいよ」

コローの言葉どおり、本を開こうとしても、のりづけしてあるかのように、ページがはりついている。

「なんて書いてあるんだろう……」

表紙の文字は不思議な曲線で構成され、金泥（きんでい）でふちどられている。本棚（ほんだな）の中でも特に重々しい気配をたたえている本が何冊かあった。

「ええと、湧泉（ゆうせん）の調・聖蟹（ヴィスナ）の礎（そ）、と書いてあるね。けがや病気で弱ったときに使われるムジークについての本だと思う」

大地、王者、湧泉、涼風（りょうふう）、烈火（れっか）、樹海の基調と、護りの音とも呼ばれる十二の礎が組み合わされて旋律（せんりつ）を成すのがムジークの仕組みであることは、旅の道すがらコローに教えられて翔馬（しょうま）にもわかってきた。

表紙だけでも見てみよう、とほかの本も棚から取り出してみる。

「十三冊あるね」

「賢兄（ブラッド）の書、鉄牛（ガロヴァ）の書、白羊（リュータ）の書、平衡（ラブノス）の書……」

どれもムジークの使い方を記した本のようだ。そしてどれも、ページを開くことはできない。

最後の一冊を見て、コローははっと息を飲んだ。

「終滅（しゅうめつ）の書……」

「終滅……終わり？」

翔馬が表紙をめくろうとすると、コローはあわてて腕をつかんでとめた。

「これは開かないほうがいいよ。終滅の書だなんて」

「でもどうせ開かないよ」

本はどれもずっしりとして美しく、手に持つとあまい香りがした。開けないのに、開いてくれとこちらに呼びかけてくるような気がした。心が引き寄せられるのがおそろしいのに、廃墟の中をのぞきこむような楽しさがあった。

「ショウマ」

とめるコローの手をふりはらおうとして、我に返った。

「確かにこわいよね」

『終滅の書』を棚にもどそうとしたが、そこで翔馬は動きをとめた。

「どうしたの？」

「指がはなれない……」

本をふり回しても手にぴたりとくっついたままだ。翔馬があわてて放り投げようとすると、無礼者！　と一喝されたような気がした。だれか大人にしかられたのかと身を縮めるが、古い紙のにおいで満ちている静かな空間に、翔馬たち以外の人影はない。

そのとき、おだやかな弦楽の音が聞こえてきた。翔馬がコローの村でムジークを暴走させたとき、それを受けとめて流したおだやかな音色だ。春風のような緑の風が音にともなって翔馬の腕を取り巻くと、本はぽとりと床に落ちた。

「古書庫を君たちの部屋にしたのは失敗だったかな」

ノクトがウクレレに似た小さな楽器をつま弾きながら立っていた。

「この本は？」

「術器をあつかう際のムジークについて記された本だ。代々の女王陛下や偉大なムジークの先人たちが記した門外不出の品だ」

「そんな大切な物を部屋に置きっぱなしにしないでください」

コローが苦情を言った。

「力がおよばなければただのかざりだと気にしていなかったんだが、ショウマには強いムジークがあるんだったな。さて、落ち着いたことだろうしスクオーラの中を案内しよう」

本を棚にしまうと、ノクトは棚の前に蔦のような紋様が描かれた布をかけた。翔馬が近づいてみると、そこからかすかな旋律が流れている。

「ムジークの十二礎でいうとブラッド（賢兄）にあたり、封印の布に鎮静のムジークをふくませている。ショウマに開かれかけたことで、術書の気配が荒(あら)ぶってしまった。術書は奏でる者がいなければそれほどおそれることはないが、スクオーラの平穏(へいおん)を乱すことになってはいけないからね。少し落ち着くまでこうしておこう」

そう言うと、先に立って歩き出した。

ムジークの学校、スクオーラは三階建で、翔馬が通っていた学校と同じように、壁(かべ)で部屋が区切られて教室になっている。壁には大昔の絵のような記号が無数に描かれているが、意味はまったくわからない。

「これらはスクオーラを創設した偉大なムジーク使いが、あとから学ぶ者たちのために描いたものだ」

よく見ると、彫刻(ちょうこく)のように刻まれているのに、少しずつ動いているように見える。

「これどうやって描いてるの」

「すべてはムジークの力だよ」

廊下(ろうか)のとちゅうには、連絡事項(れんらくじこう)を書いてあるらしい黒板があった。ちょうど廊下と廊下が交わる場所で、大人(おとな)のムジーク使いが数人、黒板の横にある引き戸から出てきた。ノクトに気づくと姿勢を正して耳に手を当てる。

「あなたの旋律に天地の恵みがありますように」

大人たちはそうあいさつをして去っていった。

「ノクトはずいぶんえらいんだね」

翔馬が言うと、コローがあわててそでを引っ張った。あまりに小柄でかわいらしいので、強いムジーク使いであるということ忘れてしまう。

「気にするな」

ノクトは苦笑した。

「私のことをそんなふうに子どもあつかいする人は、もうこの世にいなくなってしまったからね」

声は優しいが、ぞくりとするような冷たい視線を翔馬に向けた。

「この世に?」

「美しくおそろしいムジークを操る者たちは、己の旋律を守るためにその調べを奏で、ぶつけ合い、そして消えていった」

「音楽で?」

「オンガク、ではない。ムジークだよ」

ノクトは言い直した。

「ムジークはこの世にあるあらゆる武器よりも美しく、そして凶悪だ。その力を操れる者は人々にあがめてもらえる。地位も名誉もあたえてくれるんだ」

「俺は別にそんなのいらない」

翔馬は言った。

「元いた世界に帰れればいい」

「その願いはかなわないかもな」

ムジーク使いは言った。

「先だっての空賊の騒動で、ヴァジュラムとの門は閉ざされた」

「あの門がないと帰れないんですか」

残念だけど、とコローはうなずいた。

「ショウマの願いがかなうことはないんだ。あの門はもともと、我々の文明がこの地で栄える前からあったと言われている。異界に通じるとかろうじてわかっていたけれど、長いあいだ封印されていた。だが、先々代の女王陛下が亡くなられ、世界が乱れたせいで空賊のような連中まで勝手に近づくようになってしまった」

「あれがもし門なら、また開ければいいじゃないですか」

ムジーク使いはふっと笑った。

「確かに、閉じたものはまた開ければいい。だが門の鍵は女王陛下しかご存じない」

「じゃあ女王様にお願いして……」

「そういうわがままが許されると思うか？」

幼く見えるノクトの威圧感に、翔馬は口をつぐんだ。

「ショウマは幸いなことに、こちらの世界で役に立つ力を持っている。それを使えば私のように皆に尊敬され、おそれられる。ムジーク使いとして豊かに生きていくことができるのだ」

「だからいらないってば」

「自らの力を目にしただろう？　いらないと言っても備わっているものはどうしようもない」

翔馬はぐっと言葉につまった。

「あんな力を人々に見せつけたんだから、もうふつうの暮らしにはもどれない」

「あんな魔法、使いこなせるとは思えないよ」

「だれもが最初から使えるわけじゃない。これからしかるべき修行を積んでいけばいい。どのみちムジーク使いとして一人前と認められなければ、ここから出ることは許されない」

「出られないって？」

「ここを出るには、ムジーク使いとして卒業するか、一生ここの使用人として暮らすかどちらかだよ」

「ふざけんな。だれも入りたいなんて言ってないだろ！」

翔馬は怒って建物から出た。

7

コの字型の校舎の中庭には、色とりどりの花が咲いている。そのあいだを通りぬけて門へと出ようとするが、一向に門が近づいてこない。

周囲からクスクスと笑うような声がする。足元を見てみると、すずらんに似た白い花が声を上げて笑っていた。ふり向くとムジークの学校の校舎が蔦におおわれて建っている。だがその姿を見て、翔馬は奇妙な感覚にとらわれた。

やはり、この場所を知っているような気がする。いやそんなはずはない。こんな不思議な世界を夢にも見たことがない。ともかく一刻も早くここから出て、父さんと母さんを探さなければ。

だが翔馬（しょうま）がどれほど走っても、門は遠いままだ。

「ご両親が見つかれば元の世界へ帰れるとでも？」

気づくとノクトが横に立っていた。

「それはわからないけど……。でもノクトが偉大（いだい）な力を持つムジーク使いなら、その方法を知っているんじゃないの」

「知っていたらこんな世界から出ているさ」

ノクトはかわいた笑みをうかべた。

「こんな世界って、気に入ってるんじゃないのかよ」

「ショウマ」

それに答えず、ノクトはふところからウクレレに似た楽器を取り出した。

「私はこれをあつかえるがために、ここでムジーク使いとして敬意とおそれを受けて暮らしている。だが、ヴァジュラムでは旋律（せんりつ）を奏でたとしてもだれも力を放ったりしないのだろう？」

「そうだよ」

「そうか……。もしショウマがふたたび扉（とびら）を開いたら、私も連れていってくれ。だが今は、ここでおとなしくしていろ。わかったな。お前はこれからいろいろなやつにねらわれる。このスクオーラは牢獄のように思えるかもしれないが、守ってくれるゆりかごでもあるんだ」

　ノクトは門の前で小さな弦楽器をつま弾き、ごく短い曲を奏でる。びくともしなかった巨大な鉄の扉がきしみを上げて開き、翔馬が近づこうとすると無慈悲に閉まった。

「もどろう」

　コローにそう言われても、翔馬はしばらくじっと扉を見つめたままだった。


　ムジークの学び舎はスクオーラと呼ばれている。ガル・パ・コーサの各地から集まってきた学生の年代や風貌はさまざまで、中には翼を持つ人や犬の頭をしている人もいた。最初に行けと言われた場所には、そでの短い衣をつけたかっぷくのいい男女が数人、大きな円卓を囲むように仕事をしていた。

　部屋の入口には高いカウンターがあり、そこが受付となっているようだった。だがショウマがカウンターに立ってもだれも応対に出ない。

「ここに行けって言われたんですけど」

　大きめの声で言うと、ひとりの男がゆっくりと立ち上がった。その顔を見て、翔馬は思わずひっと声を上げる。目と鼻のあるはずの場所には黒く丸い穴が開いているばかりだ。近づいてくると、見た目に似合わぬオルゴールのような音がその穴から流れ出ている。

「土人形だよ……」

コローはおどろきに目を丸くしながらつぶやいた。ゲームで見たことがある。ゴーレムという、土でできた魔法で動く人形だ。ゴーレムは一枚の紙を差し出した。

「ここに名前と……使える術器を書けって」

コローが読み上げてくれた。

「使える術器なんてないよ」

「村で使ったじゃないか」

周囲の森を吹き飛ばしたピアノに似た術器は、とても使えたとは言えない。

「ショウマの世界ではなんていうんだっけ」

「ピアノだけど」

「じゃあそう書いておけばいいよ。こっちの世界ではファーゴっていうんだ。お母さんも書き残してた」

こちらの世界の文字でコローが書いてくれた。ゴーレムはそれをのぞきこむとしばらく動きをとめたが、何か納得したようにうなずいて円卓へと持っていく。円卓の中央に穴が開くと、ゴー

レムはその紙を中に投げこんだ。

しばらくすると、穴から数冊の本が飛び出してくる。それを器用にキャッチしたゴーレムは、きれいにそろえると、翔馬(しょうま)の前に差し出した。中を開いてみると、これまで見た文字とはまた別の、丸みを帯びた文字が上下にうねるようにつづられている。

翔馬が首をかたむげていると、別のゴーレムが一枚の紙をコローに手わたし、読んでやれと身ぶりで示した。

「ムジークの基本的な使い方を書いた教本だって」

「コローは見て意味がわかるの？」

中を開いてしばらく読み進めていたコローはうなずいた。

「お母(かあ)さんに習ったことと同じだね」

そのとき、ゴーレムたちが一斉(いっせい)に立ち上がって、扉(とびら)に向かって腰(こし)をかがめた。翔馬たちがふり向くと、背の高い初老の男が立っている。その顔を見て翔馬はあっと声を上げた。

「藤島(ふじしま)先生！」

小学校の担任がそこにいた。だが彼(かれ)は、けげんそうな顔をして翔馬を見下ろしている。

「俺(おれ)です。五年二組の沖田(おきた)翔馬です」

名前を聞いても男は表情を変えなかった。

「君は確か……今日からこの学び舎の生徒になる異界の少年だと聞いているが」

「そうです。先生も向こうから飛ばされてきたんですか？」

だが藤島に似た男は困惑した表情をうかべるばかりだった。

「私はヴァジュラムに行ったこともなければ、異界の少年に知人もいない。なのに私を知っているという。これはどういうことかな」

彼はルビオと名乗った。

「ルビオ先生、俺はヴァジュラムとかいう世界から来たらしいのですが、向こうへ帰る方法を知っていますか。あと、父さんと母さんの行方を探しています」

矢つぎ早に言うと、ルビオはそっと翔馬の肩に手を置いた。

「まずは落ち着きなさい」

ルビオの手はやわらかく、指が長かった。

「私が聞いた話では、君にはとてつもないムジークの素質があって、その力をまだうまく使いこなせないでいるとか。ガル・パ・コーサに来たくて来たわけでもないようだ。聞いてるかもしれないが、空賊たちがいたずらをしたせいで異世界との門は女王によって閉ざされてしまった。当分もどることはできないよ」

　ノクトと同じ話をされて翔馬はがっかりした。

「ひとりの教師として忠告するが、ここでできる最善のことをして目的を果たすことを考えたほうがいい」

「最善のことって何ですか？」

「異なる世界への門を開けるには、きっと巨大な力が必要だ。それはどんな力か明らかにされていないが、私たちの世界ではムジークの力こそ最も偉大で、常人の想像のできないことを可能にするんだよ」

「……そうかもしれませんけど」

「願いをかなえるために学ぶ。それは君の世界でも変わらないはずだ」

　翔馬は納得できなかったが、ルビオは気分を変えるように一度手を打った。

「さあ、そろそろ授業が始まる。みんなにも君たちのことを紹介しなければいけない。それぞれ学びたい術器はちがうが、まずは基礎的なことを学んでもらう」

　ルビオはそのまま先に立って、教室まで連れていってくれた。

8

「ショウマのクラスは私がすべての授業を行うから、わからないことは何でもきいてくれ」

「授業って何をするんですか」

コローがたずねた。

「ムジークは、自らの中にある旋律の力と心身の力を融合させ、より大きなものにする」

「魔法みたいなもの……なんですよね」

「ショウマの世界では、ムジークのことを魔法というのだね」

ルビオはゆったりと先を歩き、ある部屋の前で足をとめた。

「ここが君たちが学ぶ場所だ」

分厚い木の扉で中の様子はうかがえない。ルビオが扉にふれると重そうにきしみ、そして開いた。その瞬間、わっと音のかたまりが流れ出してきた。

中には二十人ほどの生徒が大きな机の前に座り、それぞれ楽器を手にして練習にはげんでいる。

「音楽教室だ……」

「ムジークのことを音楽ともいうのだな」

ただ不思議なことがあった。これまで見たこちらの世界の楽器は、音を流すと必ず何か目に見える効果が現れていた。しかし教室の中は音が流れているものの、何か別の力が出ているわけではない。

「君もわかっていると思うが、未熟な者がムジークを使うと、周囲に大きな被害が出ることがある。だからこのスクオーラの周囲には、より強いムジークの力を張りめぐらして、生徒たちのムジークが外にもれ出ることを防いでいるのだ」

やがて、一心に練習していた生徒の女の子たちが翔馬に気づいた。ヒソヒソとささやき合って、まっすぐ見るでもなく無視するでもなく、横目でこちらを見ている。

翔馬はふと、本当はこうして転校先の学校であいさつをするはずだったことを思い出した。父はシンガポールにいるピアノ作りの名人のもとに弟子入りをしたいと言って、それまで勤めていた大型船の設計という仕事を投げ出した。そのせいでこんな不思議な世界に来ることになり、結局は転校のあいさつをすることになっている。

「それではショウマ、共にムジークを学ぶ仲間に自己紹介をするように」

そう言われても、何を言っていいかわからない。

「自分のことを話せばいいんだ。どこから来てどんな人物で、何ができるか。自分が自分についてわかっていることを言えばいい」

翔馬は仕方なく、神奈川出身で特技はピアノで好きなものはゲームで、あとはサッカーを見たりしたりすることが好き、と小声で話した。生徒たちは何のリアクションもせずにきょとんとした顔で聞いていた。

「ショウマの言葉の中に、みんなが聞いたことのない単語がふくまれていたんだ。ピアノというのは君が使える術器だな。ゲームというのは遊びの種類かい?」

翔馬は、いつも家のテレビで遊んでいる、巨大なモンスターを狩るゲームの話をした。

「ということは、君は向こうの世界で勇者を仕事としているわけか」

「いえ、本当の勇者ではなくて、画面の中で遊んでいるだけです」

「あとサッカーというのは?」

「丸い球をけり合って、どちらかの陣地に入れればそれで点が入るんです」

今度はみんな興味深そうに聞いてくれた。

「それで君が弾けるピアノという術器はどんなものなんだ」

翔馬はここでも言葉につまった。元いた世界でピアノがどんなものか説明することはまずない。名前を言えば、どんなものかたいていの人がわかってくれるからだ。

　翔馬は仕方なく、得意でない絵を黒板に描いた。だが、自分で見てもグランドピアノには見えない。できそこないのケーキのようなものが黒板上に現れた。

　ルビオが見かねて手に持っていた小さなハープをかき鳴らした。ひんやりとしているが優しい音色だ。青いささやかな風が音と共に吹き出してきて、翔馬の両腕を包みこむ。

　すると、チョークを持つ手がさっきとは段ちがいにするすると動いて、今度はやけにリアルなグランドピアノが黒板の上に描かれた。

「これは……」

「私が使ったのは十二礎でいうとスコルプ（天蠍）の礎、樹海の調べだ。星々のあいだにひそむ蠍は、毒を持つ一方で、心にあるものを描き出してくれる」

　ルビオは描き終えた楽器を見てうなずいた。

「ムジークは心の作用であるとともに、肉体の動きも必要だ。共に行うのはむずかしいことでもある。私のムジークは本当の技を与えるわけではないが、その生徒が頭に思いうかべていることをなめらかにできるよう手助けするのだよ」

　そして黒板に描き出されたピアノを見て、生徒たちはざわめいた。ルビオもじっと腕を組んでピアノをながめている。

「これは本当に君が演奏していたものか？」

「そうです。小さいころからずっと習わされていました」

「コロ－の村にあったのと同じか」

ルビオはまたしばらくだまって何かに納得したようにうなずくと、空いている席をそれぞれふたつ、教鞭で指した。

「ショウマはそこに、コローはあちらに座るといい」

翔馬のとなりには大柄な、優しげな顔つきの男の子が座っていた。はじめて会った感じのしない親しみやすさだ。体格に似合わず、胸元には小さなオカリナに似た楽器を持っている。

続いてコローが自己紹介した。母がムジークにあこがれて村の術器の封印を解き、王都に連れていかれ行方不明になったと正直に話したため、やはり生徒たちは落ち着かなくなった。

「コローくん」

ルビオが見かねたように言葉をはさんだ。

「ちょっとあけすけに言い過ぎだ」

生徒たちがくすくすと笑い、雰囲気が和んだ。

「それに、私は王都に長く暮らしているが、そのような女性のことは聞いたことがない。かんちがいではないかね？」

「私も、そういううわさを聞いただけで……」

「そうか。ともかく、スクオーラに入ることをゆるされた君も、ムジークを学ぶ資格があるのだろう。歓迎するよ」

コローは翔馬から遠い席についた。だが、自己紹介が良かったのか、周囲の生徒が興味深そうに話しかけている。楽器を置いたりするためか、机はかなり大きい。一番大きな楽器はビオラに似たもので、机いっぱいの大きさがあった。体格が大きい者ほど小さな楽器を使い、小柄な生徒になるほど大きな楽器を持っているのが面白かった。

「ねえ」

となりの体格のいい少年が声をかけてきた。

「ファーゴ、弾けるんだね」

「ファーゴ？」

「黒板に描いた術器のことだよ」

こっちの世界ではそういう名前だったことを思い出した。

「古くて力が強すぎるから、使われなくなったんだよ」

「力が強すぎる……」

「国には数台しかないと言われてるけど、その一台をコローの村でこわしちゃったんだよね」

「こわしたんじゃなくてこわれたんだよ」

翔馬は言い訳するように言った。

「気持ちを持っていかれたんだね」

体格のいい少年はキュウコと名乗った。

「僕はバスチア地方のスコルプっていう小さな村から来たんだ。村は貧しいんだけど、僕にムジーク使いの素質があるから、村の人がお金を出してスクオーラに入れてくれたんだ」

大柄な体格に似合わず、優しそうなやわらかい口調である。

すると、前の席に座っていた、茶色の長い髪を後ろでしばった女の子がふり向いた。

「あんたがファーゴを弾けるなんてうそでしょ」

「ファーゴは知らないけど、ピアノはずっと習ってたよ」

「だからそれはこっちじゃファーゴって言うの」

乱暴な口のきき方が優里奈を思い出させた。

「アイナ、ちょっと好きな感じの男の子が入ってきたからってはしゃがないの」

女の子は、きっとキュウコをにらみつけると前に向き直った。キュウコに比べると半分ぐらいの背の高さに見えるが、机の代わりに巨大なドラムセットのような打楽器の一群が置かれていた。

「さあ授業を始めよう」

ルビオは教壇に立ち、軽く教卓をたたいた。

9

二十人ほどいるクラスのうち、アイナとキュウコを除いてはそれぞれの練習にもどった。一斉に楽器の音が鳴り出すと、教室の中がにぎやかになる。無秩序な音が波のように教室の壁に響き、校舎を取り巻く静かな旋律に吸いこまれていく。

それぞれの音は独立していて、決して同じ曲を弾いているわけではない。不協和音が耳に入っても不快にならず、それぞれの音色が心地よく耳に入ってくる。それは、ひとりひとりの技量が高いことを示していた。

「みんな上手でしょ？」

アイナがにこりと笑った。

「この一年、ムジークの基礎をしっかり学べたからね。音の書を読み、七つの基礎となる調べを理解し、自らのものとする」

「七つの基調？」

「そう。季節、方角、時間、世の中を司る基本となるものを象徴するといわれてる。それを肉体を通じてムジークとして放つ。ムジークの素養がある人は、この七基調のどれかの属性を持って て、その基調に合ったムジークを学んでいくんだ」

アイナは自らのドラムセットをたたたんとたたいた。

「たとえば私のムジークはガロヴァ（鉄牛）の礎、王者の調べ。その調べは強く固く、弱き心を打ちくだく。先生、そこのコップを教卓の上に立ててくれますか」

いいとも、とルビオが木のマグカップを教卓に置く。

「おい、ここでやるのやめてくれよ」

数人の生徒が教卓の周りからあわてて距離をとった。

「そんなににげなくてもいいでしょ。ショウマにちょっと見せてあげるだけよ」

アイナの頬がぷっとふくれた。

「最近うまくいくようになったんだから。ねえ先生」

ルビオがおだやかな表情でうなずくと、自信に満ちた表情でドラムをたたく。ぶおんと空気がゆれて顔に風を感じる。

「うん、いけそう」

アイナは譜面を開くと、優しくたたき始めた。バスとハイハットの音が風となってゆるやかにアイナの周囲を取り巻き始める。ムジークは奏者からすぐに放たれるのではなく、一度奏者の体を取り巻くように出てくるのが面白かった。

音のかたまりはあざやかな赤い色をともなった雲のようになり、アイナがひときわ強い音を発すると、一気に飛んでいく。雲ははじめ小さく見えたが、カップの前で急に大きくなり、爆音と共にカップを吹っ飛ばした。

「やっちゃった」

アイナが口をおさえた。

「失敗したときだけかわいいふりするの、やめろよな」

キュウコがあきれて言った。

にげていた生徒のひとりが、穴の空いた黒板をのぞきこむ。黒板の裏側はそうとう厚い壁ででできているようで、向こうまで貫かれているわけではなかった。

「しかしムジークの力をおさえているスクオーラの中でこれほど破壊力を出すとは」

ルビオは感心してあごひげをいじった。

「でもこれでは私がしかられてしまうよ」

小さなハープの音が風をともない、教室中に響いていく。ムジークが風のかたまりとなってルビオの体を取り巻くと、ゆっくりと黒板の穴と向かっていった。固い土の壁に開いた穴は、その雲にふれられた瞬間、生き物のようにうごめいて、穴をふさいでいく。

「生き物みたい」

翔馬がびっくりしたように声をあげると、

「私が今使ったのはラブノス（平衡）の礎から生じるムジークのひとつだ」

とルビオがこともなげに言った。

「このスクオーラは、若いムジーク使いたちを守り育てるためのゆりかごなんだ。ここから自由に出入りすることはできないが、ムジークの力を求めようとする不届き者たちから君たちを守ってくれている。それ自体が生きた封印といっていい」

「生きているんですか」

「王宮の大臣でさえ、スクオーラの許しなしに出入りすることはできないよ」

守ってくれているのはありがたいが、巨大な生き物の腹の中にいるところを想像すると、翔馬は少し気味が悪かった。

「そう？」

アイナは気にならないようだった。

「私たちだってだれかのお腹の中から出てきたわけだし。スクオーラが大きな生き物だとして、お腹の中でも守ってくれてるなんて素晴らしいことだわ」

翔馬はその言葉に感銘を受けた。

「そこまで大切に思っているなら、ムジークを暴発させて壁に穴を開けるのはやめたまえ」

ルビオの言葉に生徒たちはどっと笑った。

「この校舎の中では力をおさえられるんじゃないんですか」

コローがたずねると、おさえられるけど無くなるわけじゃないよ、とアイナは得意そうに言った。

10

ルビオは壁と黒板が元にもどったのを確かめて、教卓に立った。

「ムジークの力は強大だ。なぜ女王陛下が母娘の戦いののちに人々にその修行と使用を禁じ、このスクオーラでしか学べぬようにしたのか。それは、かつての戦いでムジークの力が暴走し、あまりに多くの人が命を落としたからだ」

「あのときのことは思い出したくないほどにこわかった」

数人が口々に言った。

「そうだな……」

ルビオは眉間にしわを刻み、しばらくだまっていた。

「ムジークの力によってこの世界が上下に分かれ、新たな女王陛下が世界に秩序をもたらすまで、まだ時を要するだろう。おそろしくも美しいムジークは人々の手から取り上げられ、このスクオーラでのみ学べるようになっている。君たちムジークの素質を認められた者は、正しくその力をあつかうことを学び、女王陛下のために使わねばならない」

ガル・パ・コーサと呼ばれるムジークの世界が割れ、人々の姿も少なく思えるのは過去にそのような悲劇が起こったからだ。村でもかつて大きな破局があったことを耳にしたことがあった。

「で、ショウマはファーゴを弾けるのだったな。ここには練習用のファーゴがない。ムジークの練習用の術器はクラフに作ってもらわなければならない」

「クラフ？」

「この学校にいる術器の職人にたのむのだ。封印されていた術器を使うわけにはいかないからな」

授業が終わったあと、翔馬はコローと共にクラフがいるという部屋へ向かった。

「そういえばクラフさんのことを先生に聞いてこなかったね」

三階建てのそれほど大きくない建物だが、どの扉もきっちりと閉められている。教室の扉は結界になっているらしく中の様子はうかがえない。

クラフのいる部屋はどこなのかききにもどろうとしたが、奇妙なことにさっき上がってきたはずの階段がなくなっている。廊下を歩いても歩いてもずっと同じ景色が続く。

「これ、もしかして何かムジークをかけられてるんじゃないの」

翔馬の言葉にコローは足をとめた。

窓の外から見える中庭の景色もまったく変わらない。どうやら同じところにいるようだった。

十分ほど廊下を歩いても何の変化もないので、翔馬も心細くなってきた。

コローはぐっとくちびるをかみしめているが、目が少しうるんでいる。

そのとき、どこからか軽やかな歌声が聞こえてきた。

「だれか歌ってる……」

コローは周囲を見回した。コローの村では術器を奏でたり歌うことは禁じられていた。だが、ムジークを学ぶスクオーラなら歌声が聞こえても不思議ではない。

聞いているうちに、翔馬は奇妙な感覚を覚えた。どこかで聞いたことのあるメロディーが、どこかで聞いたことのある歌詞に乗って流れてくるのだ。

「翔馬、これはなんの曲だろう」

そうきくところを見ると、コローははじめて耳にするようだった。

やがて歌声が近づいてきて、翔馬のひざがふるえてきた。

「どうしたの？」

「……これ、母（かあ）さんの声だ」

翔馬は思わず走り出した。

しかし、やはり景色は変わらない。近づいていた歌声がやがて遠ざかり始めた。そのとき、歌声に合わせて横笛の音が混じり始めた。

翔馬が横を見ると、コローが小さな横笛に口をつけて吹き始めている。はじめて聞く曲なのに、コローは上手に旋律を合わせていた。ふたつのメロディーが重なり合って、これまでに見たことのない透き通った色の風のかたまりが、コローの体と歌声のほうに向かって流れていく。

見えなかったはずの歌声の主の姿が、じょじょに明らかになってきた。

そこにはモップを片手に廊下をふいて回るひとりの女性の姿があった。楽しげに歌を口ずさんでいるが、こちらに気づいた様子はない。

「母さん！」

翔馬は声の限りにさけんでかけ寄った。

今度は同じ場所で足はとまらず、ちゃんと母の元に向かって進む。歌声と横笛の音がひとつに混じり合って切り開いた幻の向こうに、なつかしい母の姿がある。

ここ最近はまったくしなかったようなことを、翔馬はした。母にだきついたのである。だが彼女はだきしめ返すわけでもなく、ただぼんやりと立っている。

翔馬が顔を上げると、母はにこりと笑った。

「かわいらしい子にだきつかれるのは悪い気はしないけど、スクオーラでやっていいことではないわ」

それは息子との再会を喜んでいる感じではなかった。見知らぬ子どもにだきつかれたとまどいが表情に現れていた。

「母さん、俺のことがわからないのか」

翔馬はあまりの衝撃で、自分の声がふるえているのを感じた。

「私に子どもはいないの」

彼女もとまどっていた。

「行きだおれた私を助けてくれたのは、ここの校長先生。それから私は校舎の掃除をして過ごすようになった」

「そうなんですか……」

翔馬はなんと言っていいかわからなかった。

母に似ている、というか母にしか見えない女性は、困ったような笑みをうかべ、ふたたびモップをかけ始めた。廊下の角を曲がって彼女の姿が見えなくなるまで、翔馬は動けないでいた。

11

コローのもとにもどると、

「あの人が翔馬のお母さんなの」

「そう思ってたけど、母さんは俺のことを覚えてないみたいだった」

気の毒そうな表情をうかべたコローだったが、

「たとえ他人の空似でも、お母さんに似ている人がいるってうらやましいな」

そうさびしげにため息をついた。翔馬もコローの境遇を思い出しても何も言えなくなった。

「廊下も直ったみたいだし、私たちもクラフの部屋を探そう」

するとまもなく、ある部屋の扉が開いた。そこから出てきたのはルビオだった。

「ショウマとコローか。君たちのためにクラフに術器を作ってもらおうと思っていたのだが、姿が見つからないんだよ」

「どこかに出かけているということですか」

「城に行ったのかと思っていたが、なかなか帰ってこないんだ」

クラフの部屋からは真新しい木の香りが流れ出していた。

「入ってもいいですか」

コローがたずねると、部屋の主はいないがまあいいだろう、とルビオは許してくれた。

部屋の中に入ってみると、それはまさに工房だった。金槌や木槌、鑿や鉋など、実際にこれほどの工具を目にするのははじめてだった。作りかけのギターやバイオリン、太鼓の胴らしきものもある。大小の笛も壁にきちんと立てかけられて仕上げを待っていた。

「ひとりでこれだけの術器を作るなんてすごいですね」

「そうだな。クラフはどこで学んだのか不思議なぐらいに、多くの術器のことを知っている。古の術器を作ることはできないが、練習用としては何の不足もない。城のムジーク使いだけでなく、女王陛下ご自身が使う練習用の術器も、クラフにたのんでいると聞いている」

そのとき、外から靴音が聞こえてきた。木靴の音と共に扉が開き、背の高い男が姿を現した。

「ああ、彼らが新しい生徒さんかい」

低くかすれた声だ。遠くから見えると若く見えたが、近くで見るとひげも髪もまだらに白く、背もわずかに曲がっている。

「急に術器はできないよ」

そう言って男は翔馬（しょうま）とコローに不愛想な表情を向けた。

「急ぎになってしまうがたのみたいんだ。ジョシュ、お代ははずむよ」

ルビオがたのみこむが、ジョシュと呼ばれた男は肩（かた）をすくめるばかりだった。

「たて笛のほうは作りかけのものがあるから明日（あした）にでもできあがるけど、ファーゴのような複雑なつくりの術器はそうはいかないよ。このスクオーラのどこかに古いファーゴがあると聞いたことがあるが目にしたことはない。唯一（ゆいいつ）現役のファーゴは女王陛下が持っているし、それも王宮の宝物庫だから、おいそれとは見られないよ」

「しかしクラフは新しいファーゴを作っていると言っていたぞ」

「それが」

男の表情はくもった。数日前からクラフも作りかけのファーゴも見当たらないらしい。

「スクオーラから姿が消えたんだよ」

「どこへ行ったんだ」

「さあな。腕（うで）はいいが気まぐれな男さ」

「じゃあ、ファーゴの練習をするにはショウマを王宮まで連れていかなければいけないな。ジョシュよ、たのみがある」

ルビオは翔馬とコローを城まで連れていくよう言った。

「王宮のムジーク使いの術器を修理するように言われているんだろう」

「それはそうだが、ファーゴを貸してくださいなんて王宮が認めると思うか」

思うね、とルビオは自信ありげだった。

「スクオーラは国を守るムジーク使いを養成する大切な場所だ。ただの学舎ではないことは女王陛下をはじめよくわかっているはずだ」

「ルビオ先生は簡単におっしゃる。じゃあ明日の朝一番にしよう」

そう言いながらも翔馬たちをちらりと見て、めんどくさそうに立ち上がった。

第4章

カラリエヴァ

―女王―

KRALEWA

1

翌朝、翔馬(しょうま)は枕元(まくらもと)にコローが立っているのに気づいてびっくりして飛び起きた。

「どうしたの？」

コローは一枚の紙を翔馬に差し出した。

写真だった。幼い男の子が写っている。そしてその男の子の顔には見覚えがあった。

「これ、俺(おれ)じゃないか」

コローはこくりとうなずいた。

「昨日(きのう)クラフさんの工房(こうぼう)に行ったときに拾ったんだ」

「どういうこと……」

背景から、いつ、どこで撮(と)ったのか思い出した。横浜(よこはま)港に父が設計を務めた大型客船が入港したとき、その船を背景に撮ったものだ。

「どうしてクラフさんの工房にこれがあるんだろう」

そう口にしながら、答えが頭にうかんでいた。

「父（とう）さんがここで術器を作っていたんだ……」

「よかったね」

コローは祝福しつつもさびしげな笑みをうかべていた。

「ショウマにはお父さんもお母（かあ）さんもいて、しかも元気に生きてる」

コローの顔を見て翔馬は喜びを引っこめた。

「ごめん……」

「謝らないで。私に親がいないのは自業自得だから」

「コローのせいじゃないでしょ」

「そう。ムジークを求めようとした人のせい。だから私は同じ過ちをくり返さない。……さあ、ジョシュさんと城に行く時間だよ」

そう言ってコローは翔馬に背を向けた。

スクオーラの制服に着がえて玄関先（げんかんさき）に出ると、ジョシュはすでに待っていた。ルビオとノクトもいっしょだった。

「門を開くには私の持っている鍵（かぎ）が必要なんでね」

数体のゴーレムもいっしょにいる。周囲に目を光らせて、にげようとする者はいないか見張っているようだった。

この学校にいる職人が父であることを確かめようかと迷ったが、やはりやめた。もしクラフが自分のことを子どもだと周りに言っているなら、ノクトやルビオが何か言うはずだ。

ノクトが今日持っているのは、オーボエのような長い管楽器だった。澄んだ落ち着いた音色が流れるとともに、深い藍色をしたムジークの風がノクトの体を取り巻き、そして門へと吹きつける。そこを通ろうとする者を拒む分厚い扉は、藍色の風を受けてゆっくりと開き出した。

「こうして開くんだ」

小声でコローがつぶやいている。

門扉の上には翼のついたライオンのような怪物の彫像が見下ろしていて、許しなく門をくぐろうとする者に飛びかかろうと身がまえている。

翔馬は軽くつまずいて足元を見ると、そこには白い石のようなものが固まって落ちていた。よく見てみるとそれは人の頭がい骨だった。わっと思わず声を上げて飛びのくと、

「この門を無理にぬけようとした者は、こうして門番の裁きにあう。門をくぐるためには、ただ門を開けるだけではなく、門の心をとらえるようなムジークの旋律をささげなければならない」

「先生は生徒がこうなってもなんとも思わないのですか」

コローが思いきった問いを投げかけた。

「故郷の村で素質を見ぬかれ、選ばれた存在となるべくこの学舎でムジークを修業し、厳しい試練を乗りこえてようやくムジーク使いとなる。その際に門の心すらとらえることができないムジークであれば、女王陛下のために働くことなどとうていできない」

ルビオの口調は厳しかった。

「技量と心が共にあってこそ、危機にある世界を救うムジークを使えるのだ」

「私はそんなことをきいてるんじゃありません」

コローは食い下がった。

「自分が教えた生徒が、あんな目にあっても平気なんですか」

「それは君に答える必要はない。ムジークを学ぶと決めたときから覚悟があるはずだ。そのような者に向かって、志ならずして門の裁きを受けて命を落としたとしても、あわれむのは侮辱にほかならない」

骨はまだ小さかった。

「ムジークの力をめぐって戦が起こった。だがムジークがあるからこそ、今の平穏がぎりぎりのところで守られている。中途半端な覚悟でふれてはいけないし、一度ふれたらのがれてはならない。前の女王は姿を消し、空賊たちの動きは不穏さを増している。それは下の世界にいた君も知っているはずだ」

「下の世界もムジークの加護のもとで、その恵みを得られるはず」

「それができるようになれば、陛下は必ずそうなさる」

「そうでしょうか？」

コローの横顔には、時折見せるかわいた冷たさがうかんでいた。

「さあ行こう」

ジョシュがうながして一同は歩き出した。ルビオは門のところに残っている。しばらく進んでから、翔馬はジョシュにたずねた。

「ルビオ先生は王宮に行かないんですか」

「あの建物はムジークの修行を終えた生徒たちが巣立っていく場所だ。そこで子どもたちを教える者たちは、生徒たちの修行が成るまで彼らを出さない」

その代わり、ジョシュは大きく息を吸いこんで続けた。

「自らもスクオーラの中に自分を封じこめている。ひとりの生徒が巣立っても、また新たに入ってくる。そこからまたムジークを教えるという作業は一から始まる。すべての生徒を送り出す役割を終えるのは、その命を終えるときだ」

ふり返ると、ルビオはじっとこちらを見送っている。翔馬とコローは何も言えなくなり、ただジョシュのあとをついて歩いた。

「たかが音楽だろ」

翔馬は内心ため息をついた。世界がこわされたとか、人々が音楽にふれるのを禁止するとか、あまりにも大げさすぎる。だがもはや、翔馬もこの世界での音楽のおそろしさから目をそらすわけにはいかなかった。

「女王さまってどんな人なんですか」

翔馬はジョシュにたずねた。

「前のかい、それとも今の女王さまかい」

「ええと……両方です」

「数年前に、前と今の陛下のあいだで戦があった。ムジークのあつかいをめぐって、前々から対立があったらしい。民や地方の将兵は今の女王を支持し、貴族や騎士たちは前の陛下に味方した」

「ムジークのあつかい？」

「ショウマもムジークの力を見ただろう？　美しく、たよりになるが、すべてを破壊するおそろしきものでもある。そういうものだからこそ、人々のあいだに置かなければならないという当代と、だからこそ都に置いて厳重に管理しなければならないという先代との戦いだった」

　戦いは今の女王の勝利に終わった。

「でも、みんなが使うのは禁止なんですよね」

「ふたりの女王の激突はムジークの偉大さとおそろしさを天地に刻みこみ、割れる寸前の器のようにしてしまった」

　ノクトの表情は険しい。

「ガル・パ・コーサ最後の戦いが終わり、ムジークを人々から取りあげて、すべての教えをスクオーラに集めた。王位に就かれたリリアさまは、禁じられたムジーク、ファーゴを自在に操って代がわりの混乱を見事におさえこまれたのだ」

　ただ、とノクトは続けた。

「戦いはリリアさまの心身もガル・パ・コーサの大地も深く傷つけ、陛下は民の前に姿を現すことはなくなり、大地は上下ふたつに割れてしまった」

　空に島がいくつもうき、それぞれが細くたよりない道で結ばれている。

「少し前まで、もっとひどかった。この程度の道すらなく、ムジークの力を持つ者だけが辛うじて往来できた」

ジョシュはコローに、下の世界の者たちはどう見ている、とたずねた。

「雲の上には楽園があって、そこにいる人たちはムジークの力を自在に使ってぜいたくな暮らしをしているって」

「そう、見えるかね」

「いえ……」

島のひとつひとつに乗っている建物は、村で見たものよりも大きい。スクオーラも翔馬（しょうま）の学校ほどの大きさがある。城もきっと、皇居くらいの広さはあるだろう。だが、そこには首都の華（はな）やかさやにぎわいはなかった。

「でもムジーク使いの人はあんなに強い力を持っているじゃないですか」

「そうだ。強い力を一か所に集めているからそれはさらに強い力となる。もしバラバラにムジークがあったとしたら。だれかが国を乱すために使おうとしたら。またかつてのような戦いが起こってしまう」

ノクトはため息交じりに言った。

2

細いつり橋のような道を通っていくと、鉄の大きな門が見えてきた。スクオーラの門もじゅうぶんに大きいがその数倍はありそうな、固く閉ざされた門であった。その表面にはびっしりと彫刻がほどこされている。

「ムジークの歴史だよ」

コローが見上げて言った。

「この世界にははじめ雑多な音しかなかった。いや、ないとみんなが思いこんでいた。でもだれかが気づいたんだ。すべての音には旋律がある。美しい調和の奥義に気づいた偉大でおろかな人が、音色と旋律の秩序に基づいてムジークを作り上げたんだよ」

ジョシュが扉の横に開いた小さな穴から名前と用件を告げると、大門ではなく穴の横にあった小さな扉が開いた。

小さなボタンが無数に並んでいて、それをノクトが一定のリズムでおし、ある旋律を奏でる。それを三度くり返すと、ガチャガチャと鍵がいくつも外れるような音がして、さらに奥の分厚い小さな扉が開いた。

長いマントを身につけた身なりのいい男が現れ、

「陛下からお話はうかがっています。ファーゴを借りたいということですね。こちらへ」

そう言って先に立って歩き出した。

「あなたもムジークを使うのですか」

コローが男にたずねると、ふところから小さな角笛のようなものを取り出した。

「このギャリンと申すは、戦いの角笛。味方に勝利をもたらし、戦う者の心を奮い立たせるムジークであります」

男は得意げに言った。ムジーク使いにはめずらしく、腰（こし）には大きな剣（つるぎ）をさげている。

「剣を持つムジーク使いは女王陛下の親衛だ」

ノクトが小声で言った。

「ムジークではなく、そっちで戦うんですね」

コローが質問ぜめにしている。

「ああ、これか」

男は柄頭（つかがしら）をトントンと手でたたいた。

「敵が間近にせまってこの肉体のみで戦うとなれば、この剣も役に立つだろう。だが、戦いはこれを使う前にムジークの優劣によって決まるから、さして意味はないんだよ」

そう言って笑った。

「偉大なムジークの力を知れば、いかなる武器も意味を持たぬことがわかってくる」

城の中はしんと静まり返っていた。見たことのある日本の城とはちがう。床も壁も磨きあげられた黒い石でおおわれ、ところどころに大きなランプが火をゆらめかせてうす暗い城内を照らしていた。

世界を統一した女王の城とは思えぬほどに、静けさとさびしさに満ちている。ムジークを集めているなら音楽に満ちているのかと翔馬は想像していたが、そういうわけでもないらしい。足元はやわらかそうなカーペットがしいてあるようなのに、その色すらはっきりわからなかった。

何度も長い廊下を曲がり、いくつもの分厚い木や鉄の扉を通りぬける。武器をたずさえ、甲冑に身を包んだ兵たちの中に、一見軽装で丸腰に見える者たちがいる。

「あれが王宮のムジーク使いだ」

ジョシュの言葉に、ひとりのずんぐりした体つきの男が手を上げた。

「クラフのとこのジョシュじゃないか。俺がたのんでおいた術器の修理はそろそろ終わるかね」

「それが……」

ジョシュの言葉にムジーク使いは不機嫌になった。

「そろそろ巡検使の務めが回ってくるころだ。今はノクトどのだが、次はきっと私だろう」

「ホレンズさまの巡検使ご就任とあれば、我ら工房からも祝いの品を送らねばなりませんな」

「そんなことはよい。ただ術器の修理を急いでくれなければ困る。ムジークがなければ辺境を回るにも心もとない」

「クラフどのが術器の修理を終えるまで、しばしお待ちください」

あまり気の進まない仕事であることは、ホレンズと呼ばれた男の表情から見てとれた。

「それで、今日は何の用か」

「女王陛下にお願いがございまして」

スクオーラの新入生のためにファーゴを貸してほしい、と伝えるとホレンズは目を見開いた。

「学生にファーゴの弾き手がいると聞いたことはないが」

「最近入ってきたんですよ」

翔馬を指すと、ホレンズは眼鏡を直してじっくりとながめた。

「ヴァジュラムから来たというのは君か。実際にあちらから来た者をこの目で見るのははじめてだが、伝えられているとおり見た目は変わりないな。しかし、ファーゴの弾き手とは……」

急に翔馬の手を取ってしげしげとながめる。

「ふむ……」

ホレンズはしばらく翔馬の手をにぎっていた。ひんやりしてやわらかい指だ。

「なるほど」

ホレンズは手をはなしてうなずいた。

「ショウマといったな。君は確かに強いムジークの力を秘めているようだ。だがその力を十分に発揮できないでいる。ちがうかい」

そう言われて翔馬はドキリとした。ムジークの力はともかくとして、ピアノの実力はここしばらくのびているとは言いがたい。練習にも身が入らないし楽しいとは思えなかった。実際、優里奈とのコンクールが終わればやめようと考えていたほどだ。

「女王陛下のファーゴはそのように心が縮こまっていると奏でられないぞ。それに、陛下はご多忙でいらっしゃる。とつぜん城に来て会えるわけがなかろう」

「ホレンズさまはスクオーラの特例をお忘れですか」

ジョシュに言われ、ホロンズははっと何かを思い出した。

「そうだったな。ムジークを学ぶ者たちは多くを失った国にとって宝だ。その宝を養う場からの求めにはできる限り耳をかたむける。陛下がお前たちにあたえた恩寵だ。陛下に取り次いでくるから、お前たちはここで待て」

ホレンズはローブのすそをゆらして暗い城の奥へと一度姿を消した。

3

ジョシュは灯りの下に行ってそでの中から数枚の書類を取り出して目を通している。暗く静かな城の中は立っているだけで心細い。

「何だろう」

コローが顔を上げた。

「どうしたの?」

「何か聞こえる……」

磨き上げられた冷たい石壁の向こうから、か細い鳥の声のような音が聞こえてくる。それはひとつではなく、いくつも静かな城内に流れていた。

「BGMみたい」

「何、そのびいじいえむって」

コローに説明すると、ムジークのむだ使いだ、とため息をついた。

「ただ流れるムジークなんて、ぜいたくだね」

「じゃあここの音楽には何か意味があるんだ」

「大地の調べ、だと思う。大地の調べは、奏でる者を何かから守るためのものだから、おかしくはないけど」

「よく知ってる」

「……まあね」

城の中に流れる音楽が聞こえるということは、だれかが演奏しているということだ。

そんなにかんたんに女王に会えるものなのかと翔馬は半信半疑だったが、ムジークを学ぶ学校は本当に特別なようで、ホレンズが奥からもどってくると急に廊下が明るくなった。

それまで小さく聞こえていた音楽が、急にアンサンブルの演奏のように近くで聞こえている。

その旋律に合わせるように、城が華やぎを取りもどしていった。

翔馬とコローはその様子をただおどろいて見ていた。

「女王陛下は君たちの謁見をお認めになった。ファーゴは陛下が大切にされている術器だから、直接願いを聞いて、貸しあたえるに値するかどうかお決めになる」

城は暗い中で見ると厳しい石造りの建物に思えたが、明かりがついてみると、やわらかでかわいらしい花や妖精の装飾がほどこされた壁が一面に続く、華やいだ印象の建物へと変わった。最初はどこか不気味に聞こえていた場内の旋律も、光が強まると共に明るい気配へと転調していった。ホレンズひとりだけだったムジーク使いも、城の奥へ進むにつれて数が増えてきた。それぞれが力の源となる術器を身につけ、何かを試すように曲を奏でている者もいれば、術器の手入れをしている者もいる。

「このあたりからが城の中枢だ」

ホレンズは言った。

「国で最も力のあるムジーク使いがここに集まり、女王陛下をお守り申し上げている」

ムジーク使いたちが奏でる旋律はバラバラに見えて、ひとつの調和を作っていた。いろんな色が混じり合ってかえって透明に見えるムジークの気配は、城の中心部を取り巻くように分厚い雲になっている。

長い廊下を歩きながら、

「ここまで力を集めていないと守りきれないんだ」

ノクトはつぶやいた。

「ムジークに力があるならみんなが使えるようにしたらいいのに」

何気なく言った言葉だが、ホレンズはきっと翔馬をにらみつけた。

「ヴァジュラムから来た少年よ。二度とそのようなうかつな言葉を口にしてはいけない。そのせいで戦が起こり、天地がふたつに分かたれたというのに」

「私もショウマと同じです」

コローが言葉をついだ。

「ムジークを人々に返すべきです。それほどの力があって女王陛下がムジークの力によって守られるなら、国のためにムジークを自由に使わせてあげればいいじゃないですか。そうすれば、ガル・パ・コーサの人たちの力で、自分の身も女王陛下も守る力になるのではありませんか」

わかっておらんな、とホレンズは首をふった。

「大きな力を思慮なき者たちに与えることで、世界は破滅へと向かう。ショウマよ、お前もムジークを操る力を持ちながら、きらう心を同時に持っている。ムジーク使いとしてはそれが何よりも正しい」

音楽はそこまで好きじゃないと思っているのに、翔馬はホレンズの言葉に何か釈然としないものを感じていた。

「女王陛下はまもなく謁見の間においでになる。お前たちはひざをつき、決して顔を上げてはならない。王国の美しき蕾でらっしゃる女王陛下をいやしき目で見ることは許されない。ファーゴのことについても特別な思しめしだと思って、礼儀を失せぬようにせよ」

ホレンズはくどいほどに念をおした。

謁見の間の両側には、左右それぞれ十人ほどのムジーク使いが立っている。年も性別もそれぞれ異なり、だれもが冷ややかな視線を翔馬たちに向けていた。

アンサンブルの演奏のようだった旋律は、謁見の間に入ると協奏曲のように壮大なものへと変わっていた。

「これが女王陛下のムジークだ。同じ調べでも奏者の力によって聞こえ方が変わる」

ノクトはうっとりと聞きほれていた。翔馬はそれがどの調でどの礎なのか、感じ取ろうとした。元の世界でよく聞いていたバロック期のクラシック曲に思える。七つの基調のどれにも似ていて、異なっている。耳に残るシンプルな旋律なのに、音符にしようとするとむずかしい。

「ショウマもわからない?」

コローが見上げるようにたずねた。

「コローはわかるんだ」

「女王はこの世界を束ね、すべての源とされている。その位にある者だけにしか奏でることが許されない旋律があるんだ」

みんながうっとりと聞きほれているなか、コローだけはどこか冷ややかな表情で聞いている。

「すべての旋律を束ね、その恵みを人々に与えるもの。その怒りは天地をゆるがし、ムジークの力によって無へと還される」

やがて交響楽がじょじょに小さくなってとまった。その音の源から、ひとつの影が進んできた。

4

「ファーゴを使いたいというのはそれある少年か」

声が若い。

女王の玉座を見てはならないと言われたが、翔馬(しょうま)はちらりと目線を上げた。しかし、分厚い幕にさえぎられて向こうを見通すことができなかった。

「だが、私のファーゴは役割を終え、宝物庫の奥(おく)深くで休息のときをむかえている。お前に力を貸すかどうかは、ファーゴ自身が決めるであろう」

「ファーゴ自身が……」

「わかっていると思うがガル・パ・コーサの術器は奏者にふさわしい資質の持ち主か試すことになっている」

ノクトが横から説明した。

「国の宝がしまわれている宝物庫は、わずかな者しか知らないんだ」

その場所に翔馬が足をふみ入れることに重臣の数人かは反対した。

「この者たちはスクオーラの生徒に過ぎません。それに、この少年はヴァジュラムからきた出自も明らかでない者」

「それは心配いりません」

女王が幕の向こうからきっぱりと言った。

「ショウマは出自のわからない者ではありません。それにあなたたちも彼(かれ)の力を見たはずです」

それには重臣たちもだまるほかなかった。

「ひとりで行かなければならないのですか」

そう問うたのはノクトであった。

「確かにショウマは強いムジークの力を持っています。しかしまだ使いこなすには至っておらず、たったひとりで行かせるのは危ない」

宝物庫には何があるのかとコロ一にたずねると、

「大切な宝を守るんだから、それなりの準備をしてるんじゃないかな」

という答えだった。

「あのホルベグとか？」

「何がいるかはわからないけど……」

もう命がけの冒険なんかしたくない。翔馬はうんざりしていた。こわさにはいずれ慣れるのかと思っていたが、まったく慣れない。学校のような場所に入ってゆっくりムジークを学べば両親を探す糸口がつかめるかもしれない。落ち着いてそう考えられるようになったとたん、これだ。

だが、コロ一は連れていけない。危なすぎるけど、ひとりで行くしかない。

「何か武器はいるか」

女王がたずねた。

「あっても使えませんから。でも、何か術器がほしいです」

使えるかどうかわからないが、ムジークの力にたよるしかない。

「よろしい。では好きな術器を持っていくがいい」

「しかし女王陛下、力ある術器は宝物庫にあるのでは」

「私が手元に置いてあるものがいくつかある。ファーゴほどの力はないが、ショウマの力があれば使いこなすことができるだろう」

衛兵たちが重そうな箱を持ってくる。コローの村で見たような封印（ふういん）がほどこされているが、幕がわずかにゆれると鍵（かぎ）が音を立てて開いた。中を開けて見ると、そこには学校にあるような楽器が並んでいた。

「あまり見たことないね」

コローが箱をのぞきこんで言うが、翔馬（しょうま）にとってはなつかしいものばかりだった。ハーモニカ、ピアニカ、たて笛、グロッケンという卓上鉄琴（たくじょうてっきん）、そしてマーチングバンドが使うような小さなドラムセットが整然としまわれている。よく見ると、作った会社の名前の刻印がなされていた。

「あの、女王様、これはどこで」

「私が幼いころにふれていたものです。ヴァジュラムで手に入れたもののようですね」

こわごわ手をふれてみると、拒みも歓迎もされなかった。ふだん学校で楽器にふれているときと同じく、何も起こらない。だが、大臣や衛兵たちは何か起きるのではないかとのけぞったり目をおおったりしている。

翔馬にとってはなじみの楽器たちばかりなのは、安心できた。ただ、こちらでふれた術器のように力も感じないのは不安材料でもある。

「これ、全部持って行っていいですか」

「好きにするがよい」

箱は重いが、中の楽器をすべて取り出してもさほどの量はなかった。コローは鉄琴を首からさげてこれで正しいのと翔馬にきいた。そしてひとつこんと音を鳴らす。澄んだ音が王宮に響き、その周囲に氷の柱が一本立った。

「すごい……」

たたいたコロー自身がおどろいた表情をうかべ、貴族たちも顔を見合わせている。

「コローとやら。お前はもう長くムジークを使いこなせているのか」

「これほどはっきり使えたことはありません」

「その少女はショウマの従者と聞いているが、陛下の術器が受け入れるのであればムジークの素養があるのだろう。共に行くがよい」

コローは翔馬(しょうま)を見てほほえむ。こちらに来てから険しい表情をうかべていることが多かったので少し安心した。

「ではショウマ、コロー、宝物庫へ続く回廊(かいろう)へ衛兵が案内する。そこから先はふたりで向かえ」

ノクトが先に立って謁見(えっけん)の間(ま)を出た。

5

やわらかなカーペットがしきつめられた長いらせん階段を下りるあいだ、三人はだまっていた。一番下が見えてきたころ、ようやくノクトが口を開く。

「まさか女王陛下が宝物庫へ入ることをお許しになるとはな」

「そんなにめずらしいことなの？」

「私も何度か願い出た。おそらく王宮のムジーク使いたちは皆(みな)そうしただろう。だがだれひとり許された者はいない」

理由をたずねると、

「危ないからだよ。陛下ですら王のファーゴを奏でたばかりに力の大半を失ってしまった。正統なムジークを学んだ我らですら許されなかったのに、ショウマたちは宝物庫に入ってよいという。納得はできないな」

ノクトは背中を向けたまま話し続ける。

「鍵は私が持っている。共に行ってもよいか」

だが、翔馬が何か言う前にコローが拒んだ。

「女王さまは私たちで行くように命じられたんだ。ノクトさまは宝物庫の前でお待ちを」

ノクトはそでから大きな鍵を取り出し、ふたりの前にぶら下げて見せた。

「この鍵がなければ宝物庫の中に入ることはできない」

「そのようなことが許されるのですか」

ノクトとコローがにらみ合いになり、翔馬はあせった。コローが王宮のムジーク使い相手に一歩も退かないのがこわくもあった。

「なあ、ノクトさんにも行ってもらったら心強いと思うんだけど」

翔馬に強い視線を向けたコローだったが、しばらくの沈黙ののち、うなずいた。

「確かに。この先はひとりでも力のある人がいたほうがいい……そうでしょ？」

ふいに、回廊に立つ柱に向けてコローがふり返ると、そこから大小ふたつの影が出てきた。スクオーラのクラスメイトである、アイナとキュウコだ。

「よくここに入れたな」

ノクトがおどろいていると、キュウコがオカリナに似た術器を静かに吹いた。ふたりの姿がまたたく間に消えて、気配もなくなってしまう。

「なるほど、そういえば涼風調リュータ（白羊）の礎のムジークにそういう力があったな……。しかし、スクオーラを出てきて、ただで済むと思っているのか」

ノクトがこわい顔をしたが、アイナもキュウコもひるまなかった。

「このままだとガル・パ・コーサも全部こわれてしまうんでしょう？　だったら私たちもみんなを守るために戦いたい」

「戦う資格を持っているのは戦える力を持っている者だけだ。すぐに帰りなさい」

だが、翔馬はそれはちがう、と思った。

「戦う資格を持っているのは戦おうとしている人なんじゃないかな」

「なんか思ったより良いこと言うね」

アイナがおどろいたように言った。

「思ったよりって失礼じゃない？」

「ふむ……さすがは女王陛下のファーゴを試そうというだけはある」

ノクトは感心したように言った。

「だが威勢（いせい）がいいだけでは宝物庫の試練はこえられないぞ」

「そういうノクトさまは宝物庫の試練が何か知っているのですか」

「残念ながら私も知らない」

これで宝物庫に入るのは、翔馬をはじめ五人ということになった。一応それぞれが術器を持っている。しかし、宝物庫の中には何がいるかだれも知らないという。

「昔話だけど、その中には怪物（かいぶつ）がいるって聞いたことあるよ」

キュウコが話してくれる。

「この世界でムジークは何よりも強い力を持つ。でもその怪物はムジークを飲みこんでしまうんだって」

それはありえる、とノクトは言う。

「ムジークの十二礎にはそれぞれ対応するものがある。たとえばリュータ（白羊）の礎はティーグ（雷虎）に喰われてしまうとかね」

それでようやく翔馬は理解した。ムジークを暴走させたときに、ノクトのムジークが翔馬のそれを打ち消した。

「でもそんな力があるなら怪物には勝てないんじゃ……」

翔馬は不安になったが、だからといって武器を使って勝てるとも思わない。この世界に来たとき、あの強そうな空賊が、ムジークでなければホルベクのような怪物をたおせないとはっきり言っていた。

「ともかく女王のファーゴを手に入れないことには元の世界に帰れない」

そのとき、アイナが翔馬の手をにぎった。

「強い力があるからすべてがかなうと思い過ぎないほうがいいよ」

「でもその強い力しか、この世界を救えないんでしょ」

まあね、とアイナは少し悲しげにうなずいた。

6

たかが倉庫と思っていたが、どこまで歩いても終わりがない。翔馬の想像をはるかにこえる広さだ。湾岸沿いにこんな感じのスーパーがあったな、と思い出すと、少し心が落ち着く気がした。

ノクトが小さくムジークを奏でると、翔馬たちの周囲がふわりとほのかな光に包まれる。音なのに光が出ている。そうノクトに言うと、

「ムジークを目でも感じられるのがショウマの面白いところだな」

興味深そうに言った。

光に照らされている術器たちは、見慣れた楽器のようなものもあれば、どんな音を奏でるのか想像もつかないものもある。だが、ここにあるものはすべてムジークに関わるものだという。

「かつて七基調のほかにも、基礎となる旋律があったらしい。だがその多くは、何度か起きた破滅の中で失われてしまった。ムジークは確かに美しく素晴らしいものだが、きちんと管理しないと結局はムジークそれ自身を滅ぼしてしまうことになる。だからだれもがその力を手にしてはならないのだ」

ノクトはため息をついた。

「ムジークなどなくても人は生きていける。ショウマ、お前の世界ではムジークがなくても、人は暮らしているのだろう？」

「不思議な力はないけど……」

つまらないと言いかけて、言えなかった。

翔馬にとってピアノは確かに楽しいことではない。優里奈と連弾するためのもので、その前からも楽しいと思うことはほとんどなかった。だがなくてもいいと言われると、やはり心のどこかで引っかかる。

ノクトのムジークのおかげで、優しい旋律とほのかな光の中、さほど心細い思いをせずに宝物庫の中を進むことができた。

「何か怪物が出そうな気がしていたけど」

キュウコは大きな体を縮めながらおそるおそる言う。アイナはそんなキュウコの腰のあたりをついておどろかせては遊んでいた。

「宝物庫の最後の試練が怪物とは限らないしね」

その言葉のとおり、宝物庫の中は迷路のように入り組んではいたが、特におそろしい怪物が出てくることはなかった。ただ、奥へ進むにつれて奇妙な音が聞こえてきた。折り重なり、ひとつの旋律になっているようで、どこか狂っていた。アイナが気持ち悪いと座りこんでしまうほどだ。

「これは……」

ノクトもまゆをひそめている。

「ムジークのかけらだな。かすといってもいい」

「かすってゴミってこと?」

そう、とノクトはうなずいた。

「宝物庫の番人が喰い散らかしたムジークの食べ残しだよ。それが宝物庫から出ることができず、亡霊のようにさまよっているんだ」

翔馬もその音の食いかすが耳をかすめるたび、痛みや不快さを感じた。だがそのかけらの中に、思わず足をとめてしまうような美しいものがふくまれていた。

宝物庫の棚には無数の楽器が並んでいる。奏でられたらどんな音がするだろう。そう思っても歩くうちにその楽器はまた闇の中へと消えていく。

こんな暗い中にずっと閉じこめられるために作られたものではないだろうに……。翔馬は悲しい気分になった。父さんなら、こんなめずらしいものを見れば、きっと喜ぶにちがいない。

城のある島自体がそれほど大きなものには見えなかったのに、迷宮の終わりがまだ見えない。これにはノクトもあせり始めた。

「何か変なの？」

「私が知っている見取り図のとおりであれば、もう陛下のファーゴにたどり着いてもおかしくないはずだ。もしかして、迷宮にからめとられているのかもしれない」

「こわいこと言わないでよ……」

キュウコが大きな身を縮める。

「ちょっと、せまいんだから寄ってこないでくれる」

アイナがスティックでキュウコの背中をつついた。翔馬(しょうま)も暗く重い気配の中で、恐怖(きょうふ)をおさえるのに必死だった。

「わ！」

後ろから肩(かた)をたたかれて翔馬はつんのめって転んだ。あわててふり向くと、コローがにこにこして立っている。

「そんなに力が入ってるとムジークを奏でられないよ」

「おどろかされたらもっとできないよ……」

はげしく波打つ胸をおさえてしばらく深呼吸をくり返す。

「それにしても、いつになったら女王さまのファーゴにたどり着くんだろう」

コローはこわがっているようには見えない。

「こわいけど、それより楽しみ。私は真のムジークにふれるのが願いだから」

「真のムジークか……」

ノクトは考えこみつつ歩を進めていた。

「翔馬のムジークは滅びの調べなのだな。暴風のような旋律の力ですべてを滅ぼす」

確かにそうかもしれないが、翔馬はそう言われるのがいやだった。

「王国のムジーク使いで、滅びの調べを身につけているものはいない。七基調のうちでも、もっとも困難で学んだだけでは奏でることができない。奏でるには滅びの調べにふさわしい資質と、それに合った術器が必要だ」

「滅びの調べなんてかっこいいなぁ」

キュウコはため息をついた。

「僕は地味な調べしか使えないもの」

「それでいいじゃないの。私はキュウコのムジーク好きだけどな」

「勝ち負けじゃないと思うけど」

「ショウマの世界ではムジークに勝ち負けないの？」

ない、と言いかけて口ごもった。勝敗はある。毎年無数のコンテストが開かれて、クラシックでなくとも限りない数の音楽が勝負に使われている。そう言うとアイナは少しがっかりした表情をうかべた。

「でもさ、こんなに楽しいことで勝ち負けとかつまんなくない？」

「アイナは本当にムジークを楽しんでるんだね」

コローが感心したように言った。

「それが異端（いたん）だとしかられてきたけど、ムジーク使いの人はみんなそう思ってるんじゃないの」

「少なくとも私はそうじゃない。ムジークを使えることでいやなことのほうが多かった。こうして女王陛下のもとで地位と名誉を与えられて、ようやく釣り合うといったところだ」

ノクトが言葉をはさんだ。

ムジークへの付き合い方もそれぞれなんだ、と翔馬（しょうま）もちょっと拍子（ひょうし）ぬけした。だが、元の世界だってよく考えればそうだった。そうだ。もうちょっと気楽にやればいいのに。コンクールで連弾（れんだん）なんて引き受けなければ、もう少し楽しくやれたかも。でも、もしそうなら音楽自体をやめていたかもしれない。

「音が大きくなってる」

楽しげだったアイナが、ふたたび苦悶の表情をうかべて耳をおさえた。

7

「私のムジークでもこの雑音をおさえきれなくなってきた。だが、それだけ陛下のファーゴが近いのかもしれないな」

音はついに、ノクトの術を圧倒するようになってきた。

「みんなで何か奏でよう」

コローはかばんの中から一冊の本を取り出した。

「それ、ムジークの術書じゃない。ああ、コローたちはそこで寝起きしてるんだっけ」

アイナがおどろいて声をあげた。

「何か役に立つかと思って」

そこには『平衡（ラブノス）の書』と記されていた。

「ラブノス（平衡）はスコルプ（天蠍）とドーチ（童女）をはかりにかけ、リーカ（大河）を比べられず……」

ムジークはその使い手の資質と、奏でられるムジークの力がかけ合わされて効力が決まる。五人の中で大地の調べを奏でられるのはキュウコとノクトだ。

「大地の調べは守りに強い」

ノクトは術書をめくりながら言った。

「宝物庫を守るものは攻撃（こうげき）してくるムジークを食い散らす。ならば、攻（せ）めないムジークを使おうというわけか。考えたね」

ノクトはコローを見つめた。

「お前はなぜそこまでムジークにくわしいのだ。下の世界の辺境から来ているのに」

「上も下も元は同じです」

コローは王都に来てからますますはらがすわってきているように思えた。

「それよりも」

逆にコローがたずねた。

「女王さまはずっとガル・パ・コーサにいて世を守っていたのですか？　女王の務めはその偉大(いだい)なるムジークの力で世界と人々を守ること。ですが、世界は上下に分かれて今にも消えてなくなりそうです」

「もちろんだ」

「それをノクトさまはご覧になっていたのですね？」

村人たちがおそれた王宮のムジーク使いに対して、つめ寄るような口調だ。

「先の戦いで心身を大きく傷つけられた陛下は治療(ちりょう)に専念しておられる。だからこそ、私たちがこうしてお支えしているのだ」

コローはちらりと翔馬(しょうま)を見た。

「陛下はどうして、ショウマの名を知っていたのでしょうか」

「何が言いたいのだ」

さすがのノクトも不愉快(ふゆかい)さをかくさなかった。

「いえ……。陛下は苦しむ民をおいて、自らの楽しみのためだけにムジークを使って、外の世界に遊びに行っているのではありませんか。それを民のひとりとして憂(うれ)えているのです」

「無礼なことを言うと許さぬぞ」

ノクトの白く美しい顔に怒りが上るのが見えた。だが、コローに向けた意識はすぐに音の嵐によってかき消された。

「おかしい……」

キュウコがアイナの後ろにかくれようとする。

「ちょっと、しっかりしてよ。ラブノス（平衡）の礎はキュウコに使ってもらわないとだめなんだよ」

「わかってるけど。何をすればいいの」

ノクトとにらみ合っていたコローが、術書のあるページを開いた。

キュウコとノクトのムジークが、音のかけらたちをやわらかく受けとめていく。翔馬の力が暴走したときにそれを打ち消したのがノクトの力だ。

だがすぐにライブハウスの巨大なスピーカーから流れ出るような、体中をゆさぶる重低音がぶつかってきて翔馬たちの足をとめた。

そのうち、音の暴風の中にかすかなピアノの音が聞こえてきた。雑音の壁の向こうから、コンサートホールで聞くような美しい残響をともなったピアノの音が聞こえてくるのは、かえって気味が悪い。

「ふたりの力だけではあの雑音の壁（かべ）を取り去ることができない。皆（みな）のムジークが必要だ。私たちをさまたげているのは音の壁だ。その壁を上回るだけのムジークを奏でなければ」

そしてノクトはコローに、あるページを開くよう告げた。開かれたページを見ると、どうやらバンド譜（ふ）のようだ。

「初見で弾（ひ）ける？」

翔馬はなんとかできそう、とうなずいた。初見で弾くようなことはこれまであまりなかったが、そんなことは言っていられない。リズムセクションのアイナの音が、雑然とした雑音の中に秩序（ちつじょ）をあたえていく。キュウコのオカリナとノクトのウクレレを支えるように、コローのビブラフォンと翔馬のピアニカの音が寄りそう。

優しい曲だ。

音符（おんぷ）を追っているうちに、翔馬は楽しくなってきた。もとの世界にいるときは音楽にふれること自体が苦痛で、こちらにきてからは自分の奏でる音が何かをこわしてしまわないかおそれていた。

「いいね」

アイナが一番楽しそうだ。音楽は楽しいんだ、ということを久しぶりに思い出していた。だが、ノクトとコローの表情は険しい。そんなこわい顔をして演奏しなくても、と思うが、練習のときに優里菜（ゆりな）に言われていたことを思い出した。

――音楽はこわい顔をしてやるものじゃないよ。

こわい顔をするくらいじゃないと、優里菜には追いつけないんだ。その絶望が、ここにはない。

思った以上に、五人の息が合っていた。ピアノを長く習ってきたが、アンサンブルは低学年のときにしか経験がない。

「よし、こちらのムジークは食われていないみたいだ」

だが、キュウコの音が一瞬（いっしゅん）ゆらいだ。雑音の壁（かべ）はそれ自体がひとつの生き物であるかのように不気味にうごめき、恐怖（きょうふ）をかくしきれないキュウコに向かって牙（きば）をむく。

「大丈夫（だいじょうぶ）」

コローがその背中に寄りそって言う。

「ムジークの加護があなたにはあるよ」

その言葉にはげまされたように、キュウコの音が持ち直す。主旋律（しゅせんりつ）が力を取りもどしたことで、雑音の壁は湧泉（ゆうせん）の調べに和らげられ、消えていく。その向こうに、金色に輝（かがや）く巨大（きょだい）な花のようなものが見えてきた。

「あれがファーゴの守護者？」

翔馬は思わず指をとめてしまう。

花にあたる部分から音は流れ出していた。ごうごうと大型動物の鳴き声のようで、もっといびつな音のかけらを吐き出していた。

「あれが守護者だとして、女王のファーゴはどこだ……」

ノクトはひとり、ふらふらと守護者に近づいていった。

「危ない。もどるんだ！」

コローが警告の声を発しても、ノクトの足はとまらない。何かに魅入られたように守護者に近づいていく。翔馬たちは懸命に大地の調べを奏で続けてノクトを守ろうとするが、その音の庇護の下からノクトがぬけ出した。

「この中だ……」

近づくと、守護者はノクトの背丈の五倍はありそうな、巨大な蓄音器に似た機械だった。だが、それは木と鉄を組み合わせた工芸品ではなく、無数の草花で編まれ、息づいている。それは近づいたノクトに美しい花の触手をのばした。

「やめろ！」

翔馬は思わずさけんだ。

「お前もムジークが好きなんだろ」

翔馬たちの調べが守護者の雑音を和らげているように、守護者も翔馬たちの調べを飲みこみ始めていた。旋律（せんりつ）を食らって雑音の壁（かべ）にして自らを守る。守護者は翔馬たちのムジークを取りこんで、さらに音量を上げている。

「ショウマのムジークで何とかして!!」

キュウコが悲鳴を上げる。だが、翔馬は優里菜（ゆりな）との楽譜（がくふ）を開いて、秘かにその旋律を調べの中へと編みこみ始めた。調を整えて律を合わせ、守護者の中へと送っていく。

「ショウマ、それ……」

コローが旋律の中にある異変に気づいた。効くかどうかはわからないけれど、すべての音を飲みこむものをくずせるとすれば、これしかない。やがて、守護者が吐（は）き出す音のかけらに変調が生まれた。

それまでただでたらめだった音に、規律がともない始めた。狂（くる）い咲（ざ）いていた金色の巨大（きょだい）な花からは美しい旋律が流れ出し、暗くざわついていた宝物庫の深奥（しんおう）に落ち着きがもどっていく。茨（いばら）が

からみついていた守護者の一角に、扉が現れた。

「ファーゴは中にあるの？」

翔馬の問いに答えることなく、ノクトが扉を開ける。その中には、古いグランドピアノが一台、弾く者もいないのに演奏を続けていた。

「守護者はこのファーゴ自身だったのか。やっと目にすることができた。やっと弾くことができる。ガル・パ・コーサのムジークの精髄、これを手に入れれば私は……」

翔馬は声をかけようとして、できなかった。美しい横顔に狂気が宿っている。彼女もまた、優里菜と同じく音楽に取りつかれた者だけが許される場所にいる。

八十八の鍵が、翔馬の聞いたことのない旋律を奏でだす。守護者を形作っていた草花がふたたび生気を取りもどし、うごめき始める。

「これですべて、私のものだ」

横顔に笑みがはりついている。それは美しさを大きく通り過ぎてしまっていた。それ以上進むともうもどってこられない。何かを表現すること、創造すること、あこがれてもいるが忌みきらっているあの顔だ。

「やめろ！」

翔馬がさけんでもノクトの音はとまらない。守護者の草花はノクトを飲みこみ、己の一部へと変えていく。残酷な光景なのに、そう思えない自分もいた。ムジークに取りつかれた者はムジークと一体になった。

そして曲が終わる。残響が守護者を包み、やがて務めを終える。くずれ落ちる音はもはや雑音ではなく、安らぎに満ちていた。

「ショウマ、やったね」

コローが喜びをあらわにした。

「女王のファーゴがやっと私の手の中にもどってくる」

一瞬、コローが何を言っているのかわからなかった。

「これは女王さまの……」

「そうだよ」

コローの声が変わり始めていた。小柄な少女のはずが、翔馬よりも背の高い、気品にあふれた女性へと変貌をとげていた。

第5章

ムジーク・コネット

―絆(きずな)―

MUZIK CONNET

1

コローの姿がなくなり、コンクールに出る女性のような華やかなロングドレスを身にまとった女性が立っている。最初は透き通るような白だった生地が、緑、青、赤、そしてまた白へと変わっていった。女性はファーゴにそっとふれる。

「なるほど、あなたをこちらに呼び寄せたのはこのファーゴを目ざめさせるためか。封印したファーゴを使わなければ私に勝つことはできない。おろかな娘。こんなことしてもむだなのに」

「コ、コローが先代の女王、リエルさまに……」

アイナが腰をぬかして座りこんでいる。キュウコはすでに気絶していた。

「ショウマ、お前も私のもとに来なさい。滅びの調べは危うく、忌むべきものだ。しかし、滅びがなければ創造もないように、決して欠くことはできない。私がその力、存分に使ってやろう」

宝物庫がはげしくゆれ動いている。守護者が奏でていた音とはちがう、力強く怒りに満ちた旋律がせまってくる。雑音の壁ではなく、まちがいなく翔馬たちを包むように響いている。

「生意気な子たち」

リエルが怒りともにファーゴにふれる。宝物庫の屋根がくずれ、ふいに陽光が差しこんできた。あまりのまぶしさに思わず目を閉じると、次の瞬間（しゅんかん）暴風を感じる。

「リエルさま、宝物庫の封印（ふういん）を解くなんてさすがじゃないですか」

風の源は翼竜（よくりゅう）ユルングであり、声の主は空賊（くうぞく）ダヤンだった。

「なるほど、この少年を連れてきたのも理由があったというわけですな。最初から教えてくだされば良かったのに」

だが、翔馬はリエルを呼びとめた。

「このファーゴで何をする気だ!!」

「この宝物庫に閉じこめられた術器たちを解き放ち、悪しき企（たくら）みに心を染められたわが娘を滅ぼすのだ」

「滅ぼすって……」

「人々を統べる者は私情に流されないものだ。娘は私を生かし、世を滅ぼす力を持つ術器をここに置いたままにした。あまさはやがて己を殺す。それが今だ。さあ、正しきムジークを引き継（つ）いだ者たちのみで聖なる王国を作りあげ、破滅（はめつ）した天地をもう一度よみがえらせよう」

女王の母であるその人は、翔馬に優しく手を差しのべた。

「待ってください。じゃあムジークを使えない人は？」

「必要ない。力ある者だけが生き残ればよい」

それはちがう、と怒りがこみ上げてきた。

「コローの村の人々は？　みんなあなたを助けてくれたんだろ？」

「そうだ。だが、彼らにはムジークをあつかう資格はない。だがお前にはある。もう一度命じよう。我らと共に来い。そうすれば命は助けてやろう。スクオーラの者たちも……」

宝物庫の術器たちがさけぶように音を立てるため、リエルの声がとぎれて聞こえない。

「ええい、静まれ！」

リエルがファーゴの鍵盤に指を走らせると、銀の光が一閃し、術器の一群が吹き飛ばされて炎に飲まれた。

「先代のムジークもとてつもない力だった……。それが王のファーゴから奏でられる」

アイナは青ざめている。だが、古き術器たちはひるまない。その音が槍となり、矢となってリエルに襲いかかる。

「かつて皆に愛されあがめられてきた術器も、奏でる者がいなければただのがらくたに過ぎない。ここですべて塵になるがいい」

いくつもの悲鳴が胸の中につき立ったような気がした。許せない。手に中にある小さなピアニカが変貌を始めている。怒りが滅びを呼ぶ。今回ばかりはやめようとは思わなかった。巨大な鍵盤から無数にのびた触手のようなものが翔馬の中に入りこんでくる。確かにムジークはこの世界ですごい力を持っているのだろう。だが、持たないことを理由に滅ぼされたり殺されたりしてよいわけがない。

どれだけこわされても、術器たちは奏でることをやめなかった。

「ムジークの道具の分際で自ら滅びの道を行くとは。やはりお前たちは、このうす暗い宝物庫で永遠の眠りについているのが正しかったのだ」

リエルが両手をふり上げ鍵盤をたたき鳴らそうとする。翔馬の怒りがリエルに向けられたそのとき、彼の肩にだれかがそっと手を置いた。

「お母さま、もうそこまでにしてください」

顔をベールでかくしているが、それは女王の声であった。

「おろかな娘よ。ついに己の過ちを悟ったか」

「ちがいます。お母さまは私にムジークの力を授け、多くのことを教えてくださいました。だからこそ、お母さまのなされようとしていることが、まちがっているとはっきり言えるのです」

「生意気な口の利き方は変わらないのですね。滅びに瀕した世界を前にしても」

「お母さまがそのファーゴを手に入れても、本当の力を導き出すことはできません。お母さまたちが、ムジーク使いのみを集め、彼らとのみ生き残ってどうしようというのですか」

「ムジークを独占するなと私に戦いをしかけ、我がものとしているのは矛盾しているのではないか。我が娘よ」

「皆のもとにムジークを返す前に、この世界の傷をいやさねばならないのです」

「傷ついた世界を守るためには選ばれし者が継ぐべき。ムジークを守ってきた王家の者として、種を残していかねばならない」

「女王の役割はムジークの恵みを分けへだてなくあたえること」

　リリアが強い口調で言い返した。

「最後の一瞬まで、力を持たぬ人のために働くのが女王ではありませんか」

　あまい、とリエルは一喝した。

「それが私との戦いに勝ち、ヴァジュラムの世界で日々を過ごした新しき女王がたどり着いた境地ですか。情けない」

　リエルが鍵盤をたたくと、はげしい衝撃が四方を襲った。翔馬も足元をすくわれてたおれ、そして女王のベールが吹き飛ばされるのを見た。そこには背が高くすらりとして、華のある顔をした美しい少女が立っていた。

2

「娘よ、それほどにこの少年がほしいのならば好きにすればいい。その代わり、私に力を貸しなさい。ガル・パ・コーサの誇りあるムジークの力を守るために、新たな王家の血筋を残して生きるがよい」

翔馬はその言葉の意味に気づいて耳が熱くなったが、リリアは——優里奈は、表情ひとつ変えず指先を母親に向けた。

「確かに私はあまかった。お母さまにとどめをささなかったのは私のあまさでした。滅びゆく世界で、弱き者だけに犠牲をおしつけてのがれようとするお母さまをどうしても許せなかったのに、のがしてしまった」

無数の術器から放たれる旋律が、リエルと空賊たちを取り囲んでいる。

「ふん、王位にある者に従うというわけか」

「ちがう。ムジークを奏でる術器には心がある。古の職人たちはそのあまりにも美しく、とてつもない力を悪しき者たちに使われぬよう、心をあたえました。彼らは自らの意志で私に従っているのです」

「だが、女王のファーゴだけは私のために音色を奏でてくれている。有象無象の術器たちと、無二のムジークはどちらが優れているのであろうな」

だが、リエルが弾き鳴らそうとして、指をとめた。

「お母さま、もはやムジークはあなたのかたわらにありません」

「それを決めるのはムジーク自身ではなく、私です。ここであなたたちを滅ぼすのはたやすい。しかし、あなたも私もショウマの滅びの調べが必要。そうでしょう?」

リエルは空賊たちに向かって目くばせをする。その中に、ひときわ大きな翼竜が数匹、雲のあいだを遊弋していた。そのうちの一匹が高度を大きく下げる。竜の背中に乗っている人の顔を見て、翔馬は思わずさけんだ。だが、母を乗せた翼竜はすぐに空へと去る。

「ショウマ、母の命が惜しくば、私に力を貸しなさい」

体がふるえているのを感じた。とてつもない怒りが胸の中にたぎっている。あのファーゴを奏でて、前の女王も空賊も粉々にこわしてしまいたかった。

「翔馬、だめ」

優里奈の声がなければ、ファーゴに向かって駆けだしていたかもしれなかった。その代わりに、懸命に声をおさえ、リエルの求めを拒んだ。

「ショウマの目的は家族と元の世界にもどることであろう？　元の世界にもどれないなら、ここで家族と生きる道を探るべき。そのためには私の言葉に従うしかない」

「それは……」

「明朝また来よう。それ以上は待たぬ」

リエルと女王のファーゴは、空賊たちに守られて空へと去った。

宝物庫の古い術器たちは力つきたように床に転がっていた。優里奈はそれをひとつひとつ拾い上げ、ほこりをふいて棚にもどしている。

「また宝物庫も作り直さなきゃ」

「……どうして何も教えてくれなかったんだよ」

翔馬は怒りとも悲しみともつかない、やりきれない思いで優里奈をなじった。

「何を説明していいかわからなかったから……」

「だからって、俺や母さんが大変な目にあってるのに女王さまづらして見てただけかよ」

「見てただけとかじゃない。無事にこっちの世界まで連れてくるのが精いっぱいで動けなかった。信じて」

その声は弱々しかった。

「でもさ、飛行機にはたくさん人が乗ってたんだぞ。こっちの事情もあるんだろうけど、関係ない人もたくさん巻きこんで」

「日本にいるあいだは私が見張ってたから良かったけど、まさかお母さまが翔馬のお父さんを誘うとは思わなかった。彼の心をひきつけたピアノ奏者は、きっと先代の女王」

「どういうこと？」

「ムジークと術器の力をすべて我がものとするために、私の近くから引きはなそうとした。今から考えるとお母さまの策略なんだけど、私には見ぬけなかった。そのすきをねらって飛行機をさらったの。翔馬とあなたのお父さんをうばわれたら、私は戦えない」

「どういうこと？」

「それは……」

優里奈(ゆりな)は口ごもった。

「ふたりが私には必要だから」

「父さんも？　やっぱり、父さんがスクオーラのクラフっていう人なのか？」

優里奈は小さくうなずいた。気がぬけて思わず座りこんだ。

「あと、同じ飛行機に乗っていた人たちは、お母さまに見つからないところにかくまってる」

「みんな無事なんだな」

うなずいた優里奈の前で翔馬はひざをついた。

「良かった……。でもどうして」

「お母さまと戦って、私のムジークは力のほとんどを失った。でもあなたたちの世界にはムジークが満ちあふれている。そこに身を置くことで力を回復させられるかも、と考えたの」

翔馬は気になっていたことをたずねた。リエルはこの世界がまもなく滅(ほろ)びると言っていた。

「そう。それはムジークのせいとは言いきれない。それがなくても、大地が宙にういて粉々になって無へと還(かえ)ろうとしていることに変わりはないから」

「でも……ムジークの力があったら世界は救えるんだよね」

だが翔馬の言葉に優里奈はうなずかなかった。しばらくだまったのち、どうにもならない、と小さな声で言った。翔馬は思わずキュウコとアイナを見た。女王母子の話はふたりにもショックだったようで、ずっとだまりこんでいる。

「でも、お母さまのように、ムジーク使いだけを連れてヴァジュラムににげるのはまちがってる。生きるならみんなでなきゃいけないし、滅びるのなら……」

話しているうちに、優里奈はどんどん落ちこんでいく。その足元に涙が落ちた。

「ずるいよ。お前が……」

空港でもそうだった。優里奈はいつも怪獣のように強くて自信に満ちていないとうそだ。弱気なゴジナなんてありえない。そう口にしかけてはっとなった。女王の義務、とリエルは何度も口にしていた。ガル・パ・コーサの滅びかけた世界で、強く自信に満ちていられる心が自分にあるとは思えない。

「ごめんね」

「俺が練習サボって謝っても許さないくせに」

「それも……ごめん」

いつも強気で自信にあふれている人間に謝られると調子が狂う。

翔馬はポケットからハンカチを取り出して、優里奈に差し出した。

「これ、返す」

「いらないの？」

顔をのぞきこまれて翔馬は照れくさくなり、顔をそむけた。

「お前のだろ」

「持っててほしい」

翔馬はどうしていいかわからず、優里奈にハンカチをおしつける。

「あずかったものを返すだけだから。あと楽譜も」

「練習してた？」

「……ピアノもないのにできるかよ。でも弾けてもどうしようもないだろ。女王のファーゴはリエルさんが持っていっちゃったし」

だが、疑わしそうに翔馬を見ていた優里奈は、一瞬自信を取りもどしたようにうなずいた。

「この世界にはファーゴがもう一台だけあるの。スクオーラに」

「そんなのあったっけ……」

「学校の音楽室と……同じ場所……」

そう言うと、優里奈はくずれ落ちた。翔馬はあわててだきかかえる。いつもの香りがふわりとただよってきて、はずかしさを一瞬忘れた。

3

夕暮れが校舎を包んでいた。どこからかムジークの音色が聞こえている。

「あれ、どこかで」

聞き覚えのある旋律だ。夕方になると、学校のスピーカーから流れてくる、下校時間の到来を告げるあの曲だ。翔馬は立ち上がり、窓から顔を出して周囲を見回した。見たことのない奇妙な形の花がいろどる中庭に、なつかしい光景が見えた気がした。

「みんな……」

同級生たちがサッカーに興じている。何人かの女の子がブランコをこいでいる。窓にかけ寄った瞬間、その光景は消えた。翔馬はあわてて階段をかけ下り中庭に出る。

「なあ、俺だよ。翔馬だよ。助けて！」

さけんでもだれも答えない。いびつにのびたつるのように空をおおった細い雲が、じょじょに暗くなっていく。中庭の木々のあいだを走って、クラスメイトがサッカーをしていたあたりへ急ぐ。だがそこはとげにおおわれた低木が密に生えていて、先に進むことができない。

「大丈夫(だいじょうぶ)かね」

ふり向くとルビオが立っていた。手には大きなハサミを持っている。わずかに残っている陽光を受けて、刃(は)がギラリと光った。それがまがまがしいものに見えて、翔馬は思わずあとずさった。

「ああ、すまない。この中庭の木は先代の女王陛下が大切にされていたものでな。心をこめて世話をしてやらなければならないんだ」

そう言ってハサミを革製らしき入れ物にしまった。

「あの、さっき」

翔馬はルビオに見たことを話した。

「実にこっけいなことだな」

ルビオの答えはそっけなかった。

「私はさっきからずっとここにいたが、ヴァジュラムの子どもたちが球けりに興じる姿など見えなかった。だが……」

庭を見回していった。

「先代の女王陛下は、いつも花を見てこうおっしゃっていた。私が育てる花には、私のムジークの一部を託している。花は美しい思い出。そして再生の象徴。華やかに咲いて枯れたとしても、また種を作って次の時代へと自らをつなげていく。それはまさにムジークと同じ」

翔馬にはむずかしくてすべてを理解できたわけではなかったが、この花には不思議な力がこめられていることはわかった。ただ、疑問もあった。

「でもどうして前の女王さまはゆり……今の女王と戦ったんですか。願っていることがそんなにちがうとは思えない」

ルビオはため息をついた。

「願いが同じように見えても、その道筋、行きついた先に求めるものはちがう。ショウマ、今の君になら理解できると思う」

「……わからないです」

そうか、とルビオは何度かうなずき、庭に目をやった。

「ショウマが故郷をなつかしむあまり、中庭の花たちにこめられた先王のムジークが幻影を見せたのかもしれないな」

そうなのだろうか。翔馬は納得しかけた。庭に下りてみれば、そこには庭木や草花がびっしりと植えられ、迷路のようになっている。

「私はここを守らなければならないんだよ」

「スクオーラから出ずに先生を続けているのはそのためですか」

「はじめはそうだった」

「はじめは？」

ルビオはそれ以上答えず、建物へともどっていった。スクオーラには、ふだん使われていない大きな講堂がある。古い洋館のような装飾（そうしょく）とこけにおおわれているが、そこには体育館が建っているはずだった。

このスクオーラはあまりにも通っていた学校に似すぎている。

いつの間にか、となりにアイナが立っていて、背のびをしながら中を見ていた。

「女王さま、きれいな人だったね。こわいんだけど、どんなムジークを奏でるんだろう、って思っちゃった」

「キュウコは？」

「毛布かぶってふるえてる。かわいそうに、一生分の冒険（ぼうけん）したね。ショウマはこわくないの？」

「こわいけど……さっき友達が遊んでいるのが見えたんだ」

「友達って、ヴァジュラムの？　どんな遊び？　ムジークを使ったりするの？」

　アイナは興味深そうにたずねてきた。教室ではつっけんどんな一方で親切でもあったが、ふたりになるとまた感じが変わって見えた。

「サッカーしたりゲームしたり、だよ。ムジーク——音楽は、ゲームに音ゲーとかあるけど俺はあんまりやらないかな」

　音楽は義務でやらされているようなところがあって、最近は楽しいとは思えなかった。でも、ここでは魔法に似た力がある。だからやっておいてよかったのかも、と思うようにしていた。

「でも、いいな。ショウマの世界ではムジークを自由に使えるんでしょ」

「自由だけど不思議な力はないよ」

「ないほうがいい。そうしたら、みんな自由にムジークを楽しめるじゃない」

　アイナはため息をついた。

「強い力があるから、戦争に使われたり禁止されたりするんでしょ？　私、ムジークの練習をしているのも楽しいもの。こんな楽しいものがそんなにこわいのかな、っていつも思っちゃう」

「でも……」

　翔馬は自分が放ってしまった力や、軍や空賊の衝突を見ていると、やはりおそろしい力だと考えるしかない。一方で、歌や音楽が許されず、滅びに瀕している世界……。

　だから、とアイナは言葉に力をこめた。

「スクオーラを卒業して世の中が落ち着いたら、ムジークを研究したいんだ。おそろしい力があるなら、それを出さないようにみんなで練習したらいいんだよ。剣や弓矢だって人に向けなければ役に立つ道具でしょ？　こわがるんじゃなくて、うまくなればいいだけだよ」

「うまくなる……」

「そう。ムジークはこんなに楽しくて素晴らしいものなんだ。みんなが本当にムジークをちゃんと調べて知れば、こわいものじゃない」

　アイナはそう言うと照れくさそうに笑った。

「あまり人には言ってないんだけどね。みんな、ムジークはすごいものだ、こわいものだって思ってる。私はこのスクオーラでムジークを練習して、どんどん楽しくなっていくんだ。こんなに楽しいものがおそろしいものとは思いたくない」

　アイナは手に持ったドラムスティックを軽やかに指先で回した。

「ルビオ先生に言うと、それはムジークに心をとらわれているからだって注意されちゃったけど、やっぱり私はそうは思えない」

「……アイナはどうして俺にそれを言ってくれたの」

「ショウマはファーゴを奏でる女王さまを見たことがある？」

あっちの世界ではしょっちゅう見ていた姿だ。

「空賊たちからみんなを守るために、ファーゴのムジークを解き放ったときがあったの。その鍵盤から導き出される音は、空賊の武器やムジークの力をすべて防いで、彼らを辺境に追いやったわ。でも、空賊たちを皆殺しにするようなことはしなかった。あの雲の街で、そこを境として空賊たちにも空を分けあたえてあげたの」

アイナは身を乗り出して話し続けた。

4

「この世界がヴァジュラムとつながってるなんて」

アイナは瞳を輝かせた。

「私、行ってみたい。ショウマのところではたくさんの人がムジークを楽しめるんでしょ？　不思議な力なんて気にせず、ただその音色と旋律（せんりつ）に心を任せられる……。そういう世界に私も行ってみたかったな」

いつの間にか、キュウコがじっと翔馬（しょうま）を見つめていた。

「ショウマ、君は元の世界に帰るべきだよ。お父（とう）さんとお母（かあ）さんと、こちらの世界に来てしまった人たちを連れて、帰るんだ」

「帰りたいけど……俺が帰ったあと、みんなはどうするの」

キュウコは変わらずおだやかな笑みをたたえてしばらくだまっていた。

「ぼくたちはこのガル・パ・コーサの住人だ。ここが好きだし、家族も友達もみんなこっちにいた。この世界をなんとかできる力があるかもしれないから、スクオーラにいる」

これまで告げられなかったことを、キュウコは話そうとしている。

「パウスを見た？　ぼくの生まれ育った村は、あそこに飲みこまれてしまった。ここにいるみんなの故郷もほとんどはそうだよ」

うそだろ、と翔馬はアイナを見つめる。

「私たちも、空賊や軍の人たちだって同じ。同じだから仲良くすればいいのにね」

さばさばとした口調だが、涙（なみだ）ぐんでいるクラスメイトの肩（かた）をだいてなぐさめていた。

「こんなこと、よその世界から来た子に話しても重くなるだけだからさ」

「言ってくれよ……」

「だから言ったじゃない」

翔馬(しょうま)はクラスのみんなが見つめていることに気づいた。ここいる新しい友達のおかげで、どれほどさびしさから救われたかわからない。

「そうだ」

スクオーラにもどってくるまでに頭にうかんだアイデアを口にした。

「門が開いたら、みんなであっちの世界に行こう」

スクオーラ全体をおおっていた音の被膜(ひまく)が、じょじょにスクオーラの仲間たちの奏でる軽やかな旋律(せんりつ)へと置き変わっていく。すると迷宮のようだった校庭に変化が現れた。

相変わらず深い緑におおわれているのに、その向こうに翔馬の知っている校庭の風景と廊下(ろうか)の風景が重なっていく。だが、そのまま変わっていくのではなく、元のスクオーラの中庭にもどっては校庭や小学生たちの姿はまた消えていってしまう。

翔馬はもうそれが心細いとは思わなかった。

ふたつの世界はつながっている。

翔馬たちはひとつの部屋の前で足をとめた。校内にある封印の部屋だ。この場所はまちがいなく、翔馬の世界では音楽室があった場所だ。

「ファーゴがあるとしたらこの中しかない」

アイナたちが奏でる勇壮な調べが扉の封印につきささる。古く大きな鎖と鍵がはげしくゆれて、そして飛び散った。

力をこめて翔馬が扉を開くと、その中に確かにファーゴはあった。だが、ピアノに似た鍵盤楽器の姿はしていない。

ばらばらに分解されたファーゴの前に、工具を持ってひとりの男が立っている。男の顔を見て、翔馬は息がとまりそうになった。

丈夫そうな前かけにアームカバーをつけ、手には木槌と鑿を持っている。せっかくここまでたどり着いたのに、自分の父親がそれをこわしているのだと思いこんだ翔馬は、我を忘れて父親に飛びかかった。小学生の自分にこんな力があるんだと思うほどに、手応えがあった。だがすぐに引きはなされて我に返る。

父をなぐってしまうなんて……と痛む拳を見つめた。これまでもあきれたり怒ったりしたことはあったが、なぐってやろうなんて思ったことはなかった。

ルビオが大二郎（だいじろう）を助け起こしている。

「バラバラのファーゴを前にして、こわしているのではなく組み立てていると思われないのは、日ごろの行いのせいだな」

大二郎は頬（ほほ）をおさえて苦笑いしていた。

「父（とう）さん……だよね」

「お前はだれかも確かめずになぐりかかったのか」

翔馬（しょうま）は父にしかられたことはほとんどない。それでもさすがに怒（おこ）っているかと思ったら、むしろうれしそうな顔をしている。

「息子（むすこ）となぐり合いのケンカするの、夢だったんだ」

「ケンカではないがな。クラフが一方的にしかられていたんだ」

ルビオが苦笑している。

「クラフっていうのがこちらでの名前なの?」

「こちらでというか、これが本名なんだ…」

翔馬は父の言葉の意味がわからず、しばしぼうぜんとしていた。

「ルビオ先生と私は、くずれつつあるガル・パ・コーサをなんとか救おうと手をつくしてきた。

ルビオがこちらの世界で優れたムジーク使いを育成する一方で、私はヴァジュラムへわたって、人々に混じって暮らせないかどうか試していたのだ」

「じゃあ、あっちでの父さんは仮の姿だったというの」

「そうじゃない」

大二郎は翔馬の目をまっすぐに見た。

「私にとって家族はお前たちだけだ。本来はこのファーゴと女王陛下のムジークの力を使って、ふたつの世界を行き来していた。それはせいぜい、私とルビオ、そしてお前の友でもある女王陛下が出入りできるくらいの力しか残っていなかった」

ふたたびファーゴの組み立てにもどりながら話し続ける。

「だがお前も見てきたとおり、こちらの世界は滅（ほろ）びつつある。本来はふたつの世界を結ぶ力を持つこのファーゴも、ついには力を失ってしまった。だが、修理すればなんとか残された力を発揮（はっき）できるかもしれない。私はその希望を得た」

それがショウマだ、とルビオは言った。

「女王ほどのムジークの力はその血筋にしか伝えられない。だが、滅びの調べはだれに現れるかがわからない」

「滅びの調べって、あの森を吹っ飛ばしたりした……」

「そうだ。ムジークには物質を変容させるものがあるが、あそこまで破壊の力に特化したのは滅びの調べだけだ。クラフは……君のお父さんは、我が子にその力が宿ったことになやんでいた。だからこそシンガポールへにげようとした。結局はそれもリエルさまの計略のうちだったが……」

「だったらはじめから教えててほしかったんだけど……」

「話して信じたかい？」

とても信じるとは思えなかった。お前は別の世界で森を吹き飛ばすような魔法の力の持ち主なんだ、と父に言われたら、どこか具合でも悪いのかと疑っただろう。

「我らとしてはガル・パ・コーサを救うためになんとしても翔馬を連れてくる必要があった。空にあった最後のゲートが力を失う前に私たちは空賊へ情報を流し、ヴァジュラムの偉大なムジーク使いと術器がこちらへわたってくると信じこませたのだ」

そして航路上にあったゲートを開き、飛行機ごとガル・パ・コーサに引きこんだのだ。

「関係のない人にまで迷惑かけて。サイアクだよ」

父だけでなくルビオまでうなだれた。

「すまないな。滅びる滅びないの瀬戸際なんだ。でも翔馬がうまく力を発揮してくれたら、門が開いてみんなを帰せる」

「さらっと大きな責任背負わせるのやめて」

腹が立ってきたが、別のアイデアが思いうかんだ。

「もし俺にそんなムジークの力があるなら、こっちの世界の人もみんな助けたい」

ふたりはおどろいて顔を見合わせた。

「そんなことをしたらあっちの世界もめちゃくちゃになるぞ。お前も知ってのとおり、人は寛容じゃない。こちらの世界の人が多く向こうにわたれば必ずもめごとが起きる」

「でも、父さんはうちでみんなともめながらでも、うまくやってたでしょ。藤島先生だって優里奈だってそうじゃないか。そして俺もこっちの世界の人と仲良くなれた。絶対にできるはずだ」

大二郎は目を丸くして息子を見た。

「なんだか、息子がヒーローのようなことを言ってるな……」

「だからいちいちそういうこと言わないで」

言われるとかえって照れくさくなる。

「ヒーローは胸を張っていればいいんだ。どのみちファーゴがバラバラのままでは弾くことができない」

「心配しなくてもすぐに組み立てるよ」

「いつできあがるの」

「一度全部ばらしたから二日ぐらいはかかると思う」

二日ぐらいなら待ってもいいか、と翔馬(しょうま)とアイナが顔を見合わせたとき、スクオーラ全体がはげしくゆれた。

5

地震(じしん)かと思って翔馬は足元を見たが、ほかの者たちは頭上を見上げていた。

「どうやら前の女王さまが勝負をかけてきたようだな」

「どういうことですか」

「コローは、知ってのとおり先代の女王が姿を変えていたものだ。ファーゴがこの部屋にあることもきっと感づいただろう。彼女(かのじょ)に忠誠を誓(ちか)う空賊(くうぞく)たちが、スクオーラを取り巻くムジークの力が弱まったことを知り、先代が王宮のファーゴをうばったことで襲(おそ)ってくるのは予測がついていた」

　スクオーラの結界はもはややぶられようとしていた。

「結界をこわしてみたところで、私がこのファーゴを組み立てなければ相手は使うことなどできないよ」

「コローはもう女王のファーゴをうばっているのだから、互角に戦える力のあるスクオーラのファーゴをうばうかこわしにくるんだろう」

　ルビオの言葉に、大二郎はしまったという表情をうかべた。いつもなら腹が立つのに、父のぬけたところを久々に見たのがうれしかった。

「ここは私たちが守る。だからクラフさんは早くこのファーゴを組み立てて」

　アイナの言葉を聞いて、スクオーラの面々がそれぞれの術器を鳴らした。それがひとつの音色へとより合わさっていく。

「大地の調べ、護りの旋律を」

　ルビオが指揮棒をゆるやかに舞わせる。スクオーラに入って最初に学ぶ合奏曲だ。シンプルだが勇壮なマーチは、聞いているだけでも心がわきたつ。ムジーク使いの卵たちの旋律が、空賊たちが放つやりや鉄のハンマーをはじき返す。

「武器はムジークに勝てない」

ルビオの言葉に和するように、生徒たちのムジークに重厚なハーモニーが加わる。弦楽と管楽の熟練の技術と力強さをそえているのは、王宮のムジーク使いだった。

「このままヴァジュラムとの門をつぶさせるわけにはいかない」

生徒たちの前に、ムジーク使いたちが音色の防壁を張った。

「この世界は、もはや独りで保つことはできない。門を閉ざさせてはならないのだ」

空賊たちの中にダヤンとヒムカの顔が見える。ユルングが翔馬に気づいて、不敵に笑い声をあげるようにひとつほえた。

「ヴァジュラムの子ショウマよ！」

ヒムカがさけぶ。

「私たちに力を貸せ。我らムジークの力を信じる者は、この世界を出て生きることはできない。我らの真の女王の偉大なムジークと共に、選ばれた者たちのみで明日への道を探るのだ」

「それはうそだ！」

翔馬は大声で言い返した。

「どちらの世界でだって生きていける」

「お前はあちらにいればただの子どもだが、こちらでは偉大な力の持ち主なんだぞ。だれもがお前を尊びおそれるだろう。望むものはすべて手に入り、女王に次ぐ地位に就くことができる」

一瞬、心がゆれた。

確かに、元の世界にもどれば、自分はごくふつうの子どもでしかない。勉強も人並み、スポーツが得意なわけでもない。ピアノは多少は弾けるけど、自分よりうまくてすごい人はいくらでもいる。

そしてゆれる翔馬の心をからめ取るようなあまい旋律が聞こえてきた。それはなつかしく優しく、すべてを受け入れてくれるなぐさめのメロディーだ。

「ファーゴの音……。翔馬、気をつけろ。王宮のファーゴを先代が……」

ルビオが警告するが、音がフェイドアウトして聞こえなくなる。あまくて重い。深くて居心地のいいソファにでも座って、大きなスピーカーから聞こえるような、にごりのないファーゴの音色が体をしばりつけていく。

美しく花でいろどられたファーゴを奏でているのはコローだった。

「ショウマが村に来てくれたとき、うれしかったんだ。偉大なムジークの導きは、私たちの世界を救う奏で手を、私の近くへと差し向けてくれた、と」

音を奏でる石の髪かざりベゼリアが紅の輝きを放ち始めていた。

「でも、コローには大きなムジークの力はないって、うそだったの……」

うそじゃない、とコローは弁解するように目をふせた。

「そう言っておけばいろいろ教えてもらえるでしょ？　私もヴァジュラムのムジークのことはくわしくなかった。娘は勝手に門を出入りして、向こうのムジークのことにもくわしかったみたいだけれど、母娘の戦いに負けて力の多くを失った私は、女王のファーゴを取りもどさなければならなかった」

女王のファーゴは本来の姿と力を取りもどしつつあった。

「私の横で奏でることを約束してくれるなら、この世界はあなたのもの。元いた世界では何も手に入らない。英雄にも、大いなる力の持ち主にも認められない。そして、想いを寄せるだれかにもふり向いてもらえない。でもここではすべてが手に入る」

それはいいな、と翔馬の心はゆれた。優里奈が体を休めている城がかげろうのようにゆれている。門を切りはなしてここにいれば、自分は王さまだ。

「わかった……俺、この力で女王さまを助けるよ」

その言葉にコローの表情はぱっと輝いた。幼く化けているから気づかなかったが、その整った顔つきは優里奈によく似ていた。

「じゃあ、私といっしょにその曲を弾(ひ)いてほしい」

「その曲？」

「我が娘があなたに貸したもの」

翔馬は大切にポケットにしまっていた楽譜(がくふ)を取り出した。曲名もなく、だれが作曲したものかもわからない。でも、優里奈がいっしょに弾こうとしていた曲だ。

「これを弾けばいいんだ」

「そう。あなたの中にある滅(ほろ)びの調べと、私たちに流れる王者の調べが合わさるとき、ムジークはとてつもない力を発する」

「とてつもない力？」

「それは奏でてみないとわからない。でも我が王家の伝説では、我が父祖がふたつの調べを合わせてガル・パ・コーサを作ったと言われている」

すごいな、と翔馬は楽譜を広げた。見慣れた優里菜の文字と音符(おんぷ)だ。ぐっと四方に張ったような力強い筆跡(ひっせき)だ。それを顔の前にかかげ、ゆっくりとやぶる。コローだけでなく、ルビオもスクオーラの仲間たちも、そして空賊(くうぞく)たちもあぜんとしている。

「我が求めを拒むか」

　コローの気配が一変した。

「未熟なムジーク使いめ。ムジークの力を持たぬ役立たずは、新たな世界には必要ない」

　少女はもはや座を追われた前の女王、リエルの姿にもどってファーゴの上に指を走らせる。それまで翔馬をしばっていたあまい旋律がふいに消えた。

「空が……」

　よろめく翔馬をキュウコが支えてくれた。本来の持ち主を得たファーゴから放たれるムジークは、王者の威厳と残酷さをもってスクオーラを包みつつあった。

「己に忠誠を誓う者に力をあたえ、はむかう者をたおす。それが女王のムジーク……」

　スクオーラの仲間たちの旋律が、女王のそれにおしつぶされ、飲みこまれていく。奏者もまた旋律をうばわれてひざをつく。

「どのムジークも女王の力の前にひれふすほかない」

　勢いを得た空賊たちがスクオーラと城を破壊していく。ムジークの力はこちらの世界では魔法みたいに、でたらめなほどに強い。でも、音楽はあちらの世界でだってとてつもない力を持っている。

「コロー……いや、リエルさま。みんなで俺たちの世界に来てください」

「ふざけたことを」

ダヤンとヒムカがリエルの前に立ち、翔馬に矢を向ける。

「ムジークが力を持たぬ世界になんの価値がある」

「音楽は人を傷つけたり悲しませたりするかもしれないけど、こうして何かをこわすために、だれかをひざまずかせるためにあるんじゃない。悲しみの向こうへ行くためのものだ」

「お前にムジークの何がわかるか」

はげしい音の壁がスクオーラの校舎をこわす。だが、中庭をおおう草花が葉を広げて花を開き、どれだけ散らされようとも、みんなを守ろうとする。

「父さん！」

「さすがに間に合わない！」

ピアノは複雑な楽器だ。だが、ここはムジークの世界でもある。もしこのファーゴが自分を奏者と認めるなら……。

ばらばらになった鍵盤のひとつを手に取る。何かをこわそうとするのでない。だれかを傷つけようとするわけでもない。ただ、ここにいる人を助けたいだけだ。村の周囲を吹き飛ばしたあのおそろしい力を思い出して体がふるえた。だが、もう優里菜をたよることはできない。あいつはもうじゅうぶんがんばった。

「次は俺の番だ……」

だが、ばらばらになったファーゴに変化はない。みんなを助けたいという願いでは足りないのか、何を思えばいいのか、わからなかった。そのとき、ダヤンの言葉が脳裏をよぎった。だれかを強く想えば、ムジークは力を発する。

王宮で再会したその人が自分にとって何なのか。翔馬ははじめてその想いに正面から向きあった。ガル・パ・コーサの人を助けたい。でもそれ以上に、俺は優里菜と元の世界にもどりたいんだ。その想いを調べに変えたいんだ。

声にならないさけびがスクオーラに響く。たおれていた友達が立ち上がる。ルビオがもう一度だ、とみんなをうながしている。翔馬を守るように音の壁が光を放ち、前女王のファーゴが放つムジークとぶつかり合う。

それは青き光を放つ雷光をともなった旋律と、大地からわき上がる体をゆるがすようなリズムのぶつかり合いだった。

翔馬の、優里菜を想う気持ちがファーゴを組み上げていく。それは向こうの世界では見るのもいやだった音楽室のグランドピアノだった。翔馬がその前に座る。ふいにとなりにさわやかな柑橘の香りがただよってきた。

「まさかひとりで弾くつもり？」

6

「優里菜……体、大丈夫なのか」

「だって、翔馬が私のこと呼んだでしょ？」

翔馬はかっと顔が赤くなった。

「そんなこと……」

「うれしかったよ。寝てられないから起きてきた」

立ち上がった彼女は空賊たちが飛び回っているのにも気にせず、人々の歌声や足音にも動じることなく、翔馬の横に座った。

「となりへ座るよ」

「え？」

「連弾、するんでしょう？」

ファーゴの前に座った女王は大きく息をついた。

「楽譜、やぶいてるのはかっこよかったけど暗譜してるの？」

「当たり前だろ」

にこりと笑った彼女は鍵盤の上に指を走らせ始めた。

音楽室のピアノで彼女が弾いていたあの曲と同じだった。作曲者も曲名もわからない、優里菜だけにしか弾けない曲だ。速さと強さの中に、やわらかさと軽さがおどっている。その音色を聞いて、どうして自分が音楽からにげていたかを思い出した。そして今ここに座っている理由も。

「ごめんね、大変な目にあわせて」

「そういうしおらしいの似合わないって」

「翔馬がこんなにがんばるとは思わなかった」

優里菜がつぶやいた。ピアノの音色の中でも、その声はしっかりと届いた。

「うそ」

「は？」

「がんばってくれると思ってた。私が信じた人だもの」

　また顔が熱くなるのをなんとかごまかした。

「翔馬の力は滅びの調べ。滅びはこわい言葉だけど、新しい何かを生み出すためには滅びがなければならない。この世界ができたときに、滅びの調べの持ち主は、ヴァジュラムのどこかに調べの力をかくしたの」

　だが、ガル・パ・コーサの世界はやがて力を失い滅亡に瀕するようになった。ふと頭上を見ると、巨大な黒い穴が広がりつつせまってくる。天をおおうパウスだ。

「お母さまは滅びの力を使って、もう一度ガル・パ・コーサを作り直そうとした。自分に忠誠を誓う、ごく少ない人たちだけを守れる小さな世界から始めようとした」

「でもそれ……」

「そう。そこからこぼれた人はどうなるのって。だから私はお母さまと戦った。でも、勝ったけど、ガル・パ・コーサが滅亡へ進むのはとめられなかったんだ」

　優里菜の指先は悲しげな旋律を歌いあげている。翔馬もここ何日もピアノにふれていないのに、暗譜しているのを意識せずとも指が動くのが不思議だった。優里菜が引っ張ってくれている。

　でも、今は自分が助けるんだ。

ふたつのファーゴの調べが闇に飲まれくずれつつある世界を包んでいく。ひとつは世界を切りはなし、もうひとつは世界をつなげようとしている。切りはなしてもつないでも、苦しみはあるだろう。でも力がないからという理由で人々を切りはなした世界に、ムジークはふさわしくない。

ふたりのムジークが空賊たちの、そしてかつてこの世界を統べていた女王の旋律を飲みこんでいった。調がちがうだけで、その曲はよく似ていた。親から子へずっと伝えられていた曲にこめられた思いは、ムジークの力を知る者だけのためではないはずだ。

悲しい曲だった。優里奈の先祖はムジークの力を使い、ガル・パ・コーサで王国を建てた。だが、戦い争うことの苦しみと、時に人を虐げて保つ王国の悲しさを知っていたのだ。その悲しみと人々の苦しみを忘れぬよう、この曲を伝えてきたのだろう。

そして翔馬がこうして女王の調べに滅びを乗せることこそ、悲しき世界に新たな一歩を与えることを、かつての王たちは知っていたんだ。

優里奈の横顔にはかすかに汗がうかんでいる。無数の旋律がぶつかり合い、消えていく中で閃光がきらめく。横顔の汗がその光を受けて輝いた。

リエルが、ファーゴの音に閉じこめられていくのが見えた。

「お前たちは……ムジークを……信じすぎている」

「お母さま」

優里菜が言い返す。

「ムジークを、音楽の力を信じない人にムジークは決して力を与えない」

荒々しく響いていた多くの音が美しい旋律に編みこまれていく。ムジークの不思議を目の当たりにしている。だがその美しい調べの下で多くの命が失われていた。

はっと横を見ると、優里菜の頰には涙が流れていた。

「音楽は楽しいものなんだから、がんばってやろうよ」

そうやって翔馬をはげましていた、あの明るい表情はなかった。

「こっちの世界では、音楽はこんなに悲しいものなのか？」

「だから、翔馬といっしょに弾くときは楽しくいたかった」

「こっちの世界でもそうだよ」

翔馬は言った。

「ムジークにふれたら楽しいんだ。スクオーラでも、ムジークを練習してるみんなそうだった。ガル・パ・コーサの人だって、俺たちの世界でならムジークを、音楽を心から楽しめるはずだ。ムジークに強い力があったとしても、みんなで考えればこわすために使わなくても済むはずだ」

優里菜はうつむいた。

「ムジークの力を失っても、向こうでやっていけるかな」

「それは優里菜や藤島先生が伝えればいいじゃないか」

「でも……」

「そんな弱気なゴジナは見たくないけど、女王さまなんて大変だろ？　ひとりですべての音楽を背負うなんてしんどいよ。連弾したらふたりが楽しい。みんなで演奏したらみんなで楽しいんだ」

「……まさか、翔馬がそんなこと言うなんてね」

　ファーゴから出たムジークの力がスクオーラの中庭をなぎはらう。そこにはなつかしい校庭がゆらめいていた。スクオーラと空賊たちのムジークはまだぶつかり合っている。そこに翔馬たちの声は届かない。

「音がはげしすぎる……」

　翔馬と優里菜のムジークが、こわれた校舎を修復していく。しかし、それが精いっぱいだった。王宮はすでにくずれ、空がパウスにおおわれつつあった。音も光もない滅亡を前にしても、争いを捨てられない。優里菜は歯を食いしばりながらファーゴを弾き続けていたが、やがて翔馬をいすからけり落とした。

「何すんだよ」

優里菜は泣いていた。

「間に合わない。あのパウスはガル・パ・コーサに残された最後の門でもあるの。翔馬たちを元の世界へもどす」

「お前は、こっちの世界の人はどうすんだよ！」

「私のムジークが力を保っているあいだしか、門はもたない」

「だったらいっしょに帰れないだろ」

翔馬の言葉に優里菜は目を丸くした。

「いっしょに帰ろうと思ってくれてるんだ」

かっと頬（ほほ）が熱くなり、翔馬はそっぽを向く。

「ね、今度はいっしょに弾こうね」

「……コンクールまでは付き合ってやるよ」

聞き慣れた、大好きだけど大きらいだったあの音色が翔馬の体を、スクオーラを取り巻き、白い霧（きり）が目の前をかくす。ピアノの音色は猛烈（もうれつ）な風の音にかき消され、息苦しさにもだえる。

手足をふり回したところで、白い霧がさっと晴れた。

エピローグ

熱帯の太陽が分厚い断熱ガラスにはね返され、空調のきいた教室には、日本とはちがう言葉を話すクラスメイトたちの声が響(ひび)いている。

となりの席になったインド人の女の子が、今日もピアノのレッスンがあるのかと英語できいてきた。翔馬(しょうま)は自分の英語の発音がへたくそで、友達との会話もうまくいっているわけではない。ただ、世界中のあちこちから来ているクラスメイトたちは、それぞれ翔馬からしても変に聞こえる発音の英語で自信満々に話しているから気楽ではあった。

「ここではただの道具でしょ。道具は使ってるうちにうまくなるから。ショウマのピアノと同じだよ。言葉だって練習したらでうまくなるようにできてるもの」

ビジャヤというムンバイ出身の子は、白い歯を輝(かがや)かせて笑った。

父が借りた家は、アラブストリートにある古いマンションの一室だ。すぐ下には屋台が集まったホーカーセンターがあり、その横には、翔馬の通う音楽教室と父が修行しているピアノの工房(こうぼう)がある。

母はパート先を探しているが、なかなか見つからないようだ。

「ねえ、このハンカチ」

家に帰った翔馬に、母が女の子が使ううす桃色のハンカチを見せた。

「荷物の中から出てきたけど、だれかにもらったの？」

「うん、日本を出るとき、クラスの人に」

「やるじゃない」

「でしょ？」

それ以上くわしくは言わない。

空港で優里奈(ゆりな)がくれたものだ。それは母も見ていたが、覚えていない。ガル・パ・コーサへ消えた飛行機は、何事もなくシンガポールのチャンギ空港に着陸した。だれもムジークが支配する異界へ行ったことなど覚えていないし、父も母も翔馬の話を聞いても笑うばかりだった。そして、共に連弾(れんだん)するはずだった司馬(しば)優里奈も、担任だった藤島(ふじしま)もいないことになっていた。

父は何も知らないはずはないのに、翔馬には決してそのそぶりを見せない。

あれから一年の時が経ったが、夢じゃないという確信だけはある。ピアノは前よりは真面目に練習するようになった。弾いていると、ガル・パ・コーサでのことがあざやかに思い出せるからだ。あのときに感じたムジークの力を。優里奈のことを忘れないでいられる。

あのときの不思議な力は、もちろんこちらの世界では一切使えない。英雄でもないし、偉大なムジーク使いでもなく、一流のピアノ奏者でもない。優里奈との連弾で、すべてをあちらに置いてきた。

優里奈の血筋に伝わった調べと、自分の中にある滅びの調べが、新たな世界を作ることを思いながら弾いた。心を音に乗せることがはじめてできた。だから、ガル・パ・コーサの人たちも助けられたかもしれない。その希望だけを心の支えにしていた。

赤道に近いシンガポールは常夏の国だ。それでも翔馬は、時に窓を大きく開ける。階下の屋台街と整頓された街を行き交う車や人々から、無数の音が立ち上ってくる。

そのとき、少し間のぬけた行進曲が聞こえてきた。欧米風でもなく、中国やインド、マレー半島の音色ともちがう。どこかで聞き覚えがあった。

「大地の調べ……？」

翔馬は家から飛び出し、音の源を追いかけた。だが、マンションの下に出たところでどちらに行ったかわからなくなった。階下の工房で父がピアノの組み立てをしているのが見える。その父と目が合うと、一瞬迷ったような表情をうかべた。

「父さん！」

祈るような思いでガラスの扉に近づくと、父が一方を指さす。ホーカーセンターから大通りに出たところで、かげろうの向こうに消える楽隊が見えた。翔馬は足元に飛んできたチラシを拾い上げる。

若く美しいピアニストの少女がフルオーケストラを引き連れて公演することが記されていた。華のある顔をしたピアニストにも、オーケストラを率いる指揮者の顔にも、見覚えがあった。聞いたことのある異界の旋律がいつしか全身を包んでいる。メインとなる曲は『マギオ・ムジーク』という連弾曲で、そのピアニストのオリジナル曲であるらしい。〈連弾相手を募集しています〉というピアニストの写真が、翔馬に向けて片目をつぶって見せた。

【ムジークのしくみ】

ガル・パ・コーサの人々は、生まれたときに十二のシンボルから一つ〈護りの音＝十二礎〉を授けられる。日時や子の持つ霊性を見て、ムジーク使いが定める。十二のシンボルは、三つずつ春夏秋冬を司っており、それぞれに特性がある。

ムジーク使いは、〈十二礎〉の特性を発揮させるために〈七基調〉を学び、その組み合わせから成る八十四曲がムジークの基本である。人や物にさまざまな効果を生みだすことが知られている。

【十二礎】

春

白羊（リュータ）…無限
神々に捧げられた羊の魂は大神の恩寵を受けて永遠となり、どれほど血肉と羊毛の恵みを人に与えてもつきぬ。その調べはかぎりなく重なりを増し、豊かさを示しつづける。

鉄牛（ガロヴァ）…頑強
神々との誓いを破りし王のもとに生まれた牛頭の王子。怒りと恨みの迷宮をぬけ、やがて神に選ばれし勇者となる。その調べは強く固く、弱き心を打ちくだく。

賢兄（ブラッド）…叡智
人々の困苦を救うべく瞑想を続ける神の御子。その瞳が開かれるとき、神の叡智は美しき調べとなって人々を包みこむであろう。

夏

聖蟹（ヴィスナ）…義勇
泥の中に暮らし、美しさを人に称えられずともその義と勇を内に秘めし者。友が強敵と相対しとき、己の生死をかえりみず必殺の一撃を加えんとす。その義勇は神々に通じ、称賛の調べと共に天に昇りぬ。

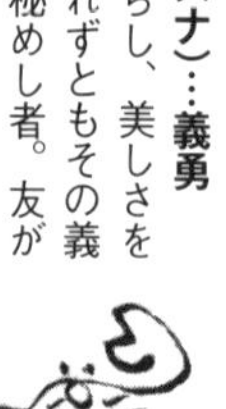

雷虎（ティーグ）…神速
その咆哮は雷鳴のごとく、その疾走は光のごとし。だれもその姿をとらえたことはなく、その爪牙に切りさかれたことに気づきもしない。ただ烈風と共に過ぎ去りし神速の調べを心に残すのみ。

童女（ドーチ）…純真
にごりなき瞳とかげりなき微笑みに心動かさぬ者はいない。薄桃のくちびるから流れる純真の調べに厳格な大神ですら頬をゆるめ、悪鬼ですら心を和らげる。

【七基調（ななきちょう）】

滅びの調べ…
　本来は表出しない。すべての音と調べの中心にあり、すべてを飲みこみ破壊する究極の旋律と伝えられている。

大地の調べ（シンフォニ）…
　守備

王者の調べ（マーチ）…
　攻撃

湧泉の調べ（ソナチネ）…
　回復

涼風の調べ（バラード）…
　補助

烈火の調べ（タランテラ）…
　自己犠牲

樹海の調べ（ノクターン）…
　状態異常

秋

平衡（ラブノス）…中庸
偉大なる大神は神と人々の罪を測る術を創りたもうた。その中庸の調べのもとには悲哀も歓喜もなく、ただ真実のみを照らす光があるのみ。

天蠍（スコルプ）…忍耐
かつて大神をはずかしめる傲慢な英雄あり。忠実なる蠍はその命を受け、武勇を誇る英雄にねらいをつける。その心をしずめるは大業のために、すべてを耐え忍ぶ静かで毅き調べなり。

大弓（リューク）…勇気
人でありながら神に等しい武技を持ち、称賛を浴びながら研鑽を怠らぬ男あり。彼は人々の願いを受けてひでりをもたらす太陽に鏃を向ける。神の罰を受けることを知りながらも人のために放つ弓の弦音は勇気の調べなり。

冬

雪兎（クロリック）…敏捷
神々の庭をすみかとし、月の庭園で仙丹を調える賢き兎。万能の薬丹をねらう不埒者をまどわす可憐な調べに追いつくことは決してかなわぬ。

神窯（ピッチノイ）…創造
大神の炎を蔵する窯のうちにこそすべての真理あり。万物を無に帰し、また生み出す力はただこれにのみ与えられる。神窯の焚口よりもれ聞こえるは、不滅の炎が奏でる創造の調べなり。

大河（リーカ）…悠久
太古の昔より流れる大河。時にせせらぎとなり、時に激流となりし。恵みと災い共にある悠久の調べは、無数の音を重ねて流れつづける。

仁木英之

にき・ひでゆき

1973年大阪生まれ。信州大学人文学部卒業。2006年に『夕陽の梨—五代英雄伝』第12回歴史群像大賞最優秀賞、『僕僕先生』で第18回日本ファンタジーノベル大賞の大賞を受賞。「僕僕先生」は幅広い年齢層に支持される大ヒットシリーズに。「くるすの残光」「黄泉坂」「立川忍びより」などのシリーズ作品や、『まほろばの王たち』『ちょうかい』『真田を云て、毛利を云わず 大坂将星伝』（上・下）など多ジャンルにわたり著書多数。本作が初の児童向け作品となる。

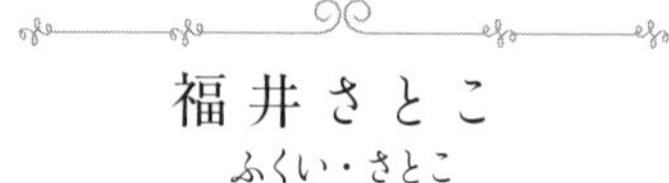

福井さとこ

ふくい・さとこ

京都嵯峨芸術大学(現・嵯峨美術大学)卒業。日本では手描きの短編アニメーションを制作していた。2014年よりスロバキアのブラチスラバ芸術大学に留学。版画家ドゥシャン・カーライ氏のもと、版画と絵本の挿絵を学ぶ。スロバキアの最も美しい絵本賞（学生部門）と国立図書館賞を2度ずつ受賞。同大学大学院の卒業制作で描いた絵本『スロバキアのともだち・はなとゆろ　おるすばんのぼうけん』で、2017年に絵本作家デビュー。スロバキアの子供雑誌SLNIEČKO（スルニエチュコ）の挿絵、毎日新聞関西版「読んであげて」にて2019年1月に創作童話『チェコの森のカティ』を連載など活躍の場を広げている。

JULA NOVELS

マギオ・ムジーク

作
仁木英之

絵
福井さとこ

2020 年 7 月　第 1 刷発行

発行者
飯田聡彦

発行所
JULA出版局
〒 113-8611 東京都文京区本駒込 6-14-9 フレーベル館内
TEL.03-5395-6657

発行所
株式会社フレーベル館
〒 113-8611 東京都文京区本駒込 6-14-9
TEL.03-5395-6637

印刷・製本
新日本印刷株式会社

ブックデザイン
島津デザイン事務所

296P　22 × 16cm　NDC913　ISBN978-4-577-61030-5